어린 시절로 가는 티켓

어린 시절로 가는 티켓

응우옌 니얏 아인 지음 | 정해영 옮김

놀

지금 이 글을 읽고 있는 당신,
그리고 한때 아이였던 모든 사람들에게
이 책을 바칩니다

하루의 끝

갑자기 인생이 너무 지루하고 따분하다는 것을 깨달 아 버린 그날은 내 나이 여덟 살 때였다. 이후 각각의 다 른 상황에서도 나는 종종 그때와 똑같은 느낌을 경험하 곤 했다. 열다섯 살이 됐을 때, 시험에 떨어졌을 때, 스물 네 살에 사랑에 실패했을 때, 한참 뒤인 서른세 살에 실 직자가 됐을 때, 그보다 더 시간이 흘러 어느 정도 성공 궤도에 올랐던 마흔 살 즈음에도.

하지만 여덟 살이란 나이는 그 시기만의 특별한 따분 함을 지니고 있었다.

왜 그런 생각을 했는지는 모르지만 그날 나는 인생에서 더 이상 얻을 게 없다고 생각했다. 그로부터 오랜 시간이 흐른 뒤, 나는 많은 철학자와 신학자 들이 여전히 삶의 의미를 찾아 헤매고 있으며 그럼에도 불구하고 영원히 그 답을 얻지 못하리라는 것을 알게 되었다. 그러나 여덟 살의 그날엔 인생에서 새롭게 탐구할 만한 것이 아무것도 남아 있지 않다고 느꼈다.

태양은 날마다 같은 모습으로 빛났다. 밤이면 어김없이 세상 위로 검은 장막이 드리워졌다. 지붕과 정원 나뭇가지 위에서 바람이 탄식했고, 새들은 그들만의 노래를 불렀으며, 귀뚜라미와 닭 들도 저마다의 울음소리를 냈다. 인생이란 한마디로 뻔하고 지루했다.

내 인생은 더더욱 뻔했다. 매일 밤, 잠자리에 들기도 전에 다음 날 무슨 일이 일어날지를 정확하게 예측할 수 있었다.

매일 아침, 나는 쏟아지는 졸음을 참고 침대에서 빠져나오기 위해 애를 썼다. 하지만 결국은 침대의 유혹을 이겨 내지 못했고, 목이 쉬도록 나를 부르는 어머니의 목소리를 못 들은 체하다가 마침내 어머니가 다가와 흔들어 깨우고 발바닥을 간질일 때까지 한참을 더 누워 있고는 했다. 침대에서 일어나면 곧바로 양치질과 세수를 했다. 청결히 씻고 난 뒤에는 식탁에 앉아 맛없는 음식들을 꾸역꾸역 씹어 삼켜야 했다. 어머니는 나와 우리 가족의 건강에 관심이 많아서 늘 영양가 있는 음식만 먹이려 했다. 하지만 나는 라면처럼 어머니가 영양가 없다고 생각하는 메뉴에만 관심이 있었다.

물론 건강을 챙기는 건 바람직한 일이다. 나이가 들수록 건강을 반드시 챙겨야 한다는 사실을 절감하게 된다. 그 누구도 건강에 대한 관심이 잘못된 것이라고 말할 수 없을 것이다. 어른이 된 지금은 나도 그렇게 생각한다. 언젠가 한 기자가 내게 건강과 사랑과 돈 가운데 무엇을 가장 중요하게 생각하느냐고 물었다. 나는 사랑의 가치에 대해 많은 이야기를 했고, 건강의 중요성에 대해서는 더 많은 이야기를 했다. 반면 돈은 간단히 무시해 버렸다. 하지만 사랑하는 사람들에게 선물을 사 주고 건강을 지키는 데 필요한 약을 구하기 위해서는 돈이 꼭 필요하다. 돈의 가치를 부정하고 관심을 가져야 할 대상에서 제외시켜 버리는 것이 얼마나 부당한 일인지 지금의 나는 매우 잘 알고 있다.

하지만 그건 결국 어른들의 이야기일 뿐이다. 건강이나 돈은 나이를 먹은 후에야 비로소 삶에서 중요해진 것들이니까. 여덟 살의 나는 영양가 있는 음식을 별로 좋아하지 않았다. 물론 싫다고 해서 안 먹을 수는 없는 노릇이었다. 그래서 먹기 싫은 음식을 억지로 먹느라 늘 식탁에 앉은 채로 꾸물거렸고 날마다 어머니의 잔소리를 들어야 했다.

썩 유쾌하지 않은 기분으로 아침 식사를 마친 후에는 책과 공책을 찾아 책가방에 넣었다. 텔레비전 위에서 한 권, 냉장고 위에서 한 권, 담요와 베개 밑에서 또 한 권을 꺼내 챙기고 학교로 뛰어갔다. 그러고도 매번 뭔가를 빠뜨렸다.

학교는 집과 아주 가까운 거리에 있었다. 하지만 산책을 즐기며 여유롭게 걸어간 적은 단 한 번도 없었다. 아침마다 늦게 일어나서 늦게 양치질을 하고 늦게 아침을

먹고 준비물을 챙기느라 시간을 다 써 버렸기 때문에 등
굣길에는 늘 정신없이 뛰어야 했다.

아버지는 내게 이렇게 말하곤 했다.

"아들아, 내가 네 나이였을 때는 책가방을 완벽하게
싸 놓고 잠자리에 들었단다. 다음 날 그냥 가방만 들고
나갈 수 있게끔 말이야!"

당시에는 아버지의 말이 사실인지 아닌지 확인할 도
리가 없었다. 하지만 그때의 아버지만큼 나이를 먹은 지
금, 나는 내가 내 아이들에게 아버지와 똑같은 말을 하게
될 거라는 사실을 안다. 나는 잠자리에 들기 전 책가방을
완벽하게 싸 놓았다고 이야기할 것이고, 그 밖에도 실제
로는 한 번도 해 본 적 없는 온갖 일들에 대해 거짓말을
늘어놓을 것이다. 그렇다. 어른들이 하는 말을 확인하려
고 해선 안 된다. 살다 보면 종종 이런저런 사정으로 거
짓말을 해야 할 때가 있다. 가끔은 그것이 사실인지 꾸며
낸 말인지 스스로도 헷갈릴 만큼 수없이 반복해야 할 때
도 있다. 그리고 그렇게 오랫동안 거짓말을 반복하다 보
면 마침내 그것이 진짜라고 믿게 된다. 어른들이 아이에

게 하는 말이란 전부 그런 것이다. 수학자들이 유클리드 기하학을 신봉하는 것처럼, 기독교인들이 예수님의 부활을 철석같이 믿는 것처럼 어른들도 자신들이 한 말을 무조건적으로 믿는다.

아무튼 그것도 다 어른들의 이야기다.

자, 다시 여덟 살 때의 일로 돌아가자.

우리 집에서 학교까지의 거리는 매우 가까웠다.

나는 늘 교실 뒷줄에 앉았다. 뒷줄에 앉으면 선생님에게 들킬 염려 없이 잡담을 하거나 말다툼을 하거나 친구를 꼬집거나 장난을 칠 수 있었다. 무엇보다 뒷줄에 앉았을 때 좋은 점은 앞으로 불려 나가 교과서를 암송하지 않아도 된다는 것이었다.

선생님이 아이들의 이름을 호명할 때에는 나름의 규칙이 있었다. 선생님에게 기억해야 할 수많은 아이들이 있는 것처럼, 우리에게도 우리가 사랑하는 수많은 친구들이 있다. 하지만 우리가 늘 그들을 기억하고 있는 것은 아니다. 사람의 머릿속에 저장할 수 있는 용량은 너무 작아서 수많은 이름과 얼굴 들을 한꺼번에 담아 두기란 불

13

가능하다. 그래서 우리는 종종 거리에서 서로 마주치거나 신문에 난 이름을 보고 나서야 비로소 그 친구의 존재를 기억해 내고 이렇게 말하고는 한다.

"맞아, 저 친구를 본 지도 정말 오래됐지. 작년에 형편이 좋지 않았을 때 저 친구가 나한테 오십만 동(베트남의 화폐 단위 — 옮긴이)을 빌려 줬는데!"

우리 선생님도 마찬가지였다. 수많은 학생들 사이에서 내 얼굴이 보이지도 않는데, 어떻게 내 이름을 기억하고 교실 앞으로 불러내 교과서를 암송해 보라고 할 수 있겠는가.

학교에서의 생활은 매일매일 똑같았다. 나는 언제나 뒷줄에 앉아 친구들과 잡담을 하며 쉬는 시간을 알리는 종이 울리기만을 초조하게 기다렸다.

우리가 '의자에 앉아 몸을 비비 꼬는 시간' 또는 '감옥살이'라고 불렀던 그 시간 동안, 나는 어떤 과목에도 관심을 가져 본 적이 없었다. 수학도 글쓰기도 독해도 받아쓰기도 모두 다 따분하기만 했다. 나는 오직 쉬는 시간에만 관심이 있었다.

어쩌면 쉬는 시간은 어른들이 아이들을 위해 생각해 낸 가장 훌륭한 발명품인지도 모른다. 선생님이 들려준 소중한 가르침을 스치는 바람처럼 머릿속에서 싹 날려 버릴 수 있는 시간. 그것은 아이들이 잠깐이나마 자유의 몸이 되어 신선한 공기를 마음껏 마실 수 있다는 것을 뜻했다.

그 시절 내내 나와 친구들은 축구를 하거나 구슬치기를 하며 그 귀중한 자유 시간을 누렸다. 그중에서도 우리가 가장 열광한 놀이는 사고뭉치 아이들처럼 서로 쫓고 쫓기며 싸움질을 하는 것이었다. 우리는 팔꿈치가 긁히고 눈에 멍이 들고 다리가 까질 때까지 놀다가 걸레보다 더 지저분해진 옷차림으로 집에 돌아가곤 했다.

하지만 방과 후의 생활에 대해서는 더 이상 이야기하고 싶지 않다. 그 나머지 일들은 그냥 죄수들이 한 감옥에서 다른 감옥으로 이송되는 것과 조금도 다를 바가 없었으니까. 갑갑한 학교에서 똑같이 갑갑한 집으로…….
그 과정에서 흥미로운 일은 아무것도 없었다. 절대 과장이 아니다.

매일 집 앞에서 나를 맞이한 것은 걱정으로 가득 찬 어머니의 얼굴과 아버지의 매서운 눈초리였다.

"맙소사, 도대체 네 꼴이 이게 뭐니?"

피가 흐르는 팔뚝을 살펴보며 어머니는 마치 내 팔이 빠지기라도 한 양 호들갑을 떨었다.

그동안 아버지는 자기만의 방식으로 나를 다그쳤다. 그때 아버지의 모습은 마치 불을 뿜어 내는 한 마리의 사나운 용 같았다.

"또 친구들과 싸운 거냐?"

"제 잘못이 아니에요. 그 애들이 절 때려서 저도 똑같이 갚아 준 것뿐이에요."

나는 이렇게 거짓말을 했다. 때로 거짓말은 진실보다 더 큰 힘을 발휘하여 사람의 마음을 움직인다. 아버지가 지평선 너머에서 몰려오는 맹렬한 폭풍처럼 무시무시한 기세로 내게 다가섰을 때, 어머니가 재빨리 나를 자신의 품으로 잡아당기며 말했다.

"여보, 그만하세요. 애를 좀 봐요. 이미 맞을 만큼 맞았어요!"

어머니에게도 나처럼 상황을 과장해서 말하는 버릇이 있었다. 나는 속으로 회심의 미소를 지으며 어머니를 따라 집 안으로 들어갔다.

그다음에 무슨 일이 벌어졌을지는 굳이 말하지 않아도 상상할 수 있을 것이다. 어머니는 다짜고짜 나를 욕실에 밀어 넣고 박박 씻겼다. 얼마 뒤 몸에서 갓 구운 빵 냄새처럼 달콤한 향기가 나기 시작할 때쯤이면, 나는 어머니가 상처에 발라 준 빨간색과 초록색 약들 때문에 알록달록한 한 마리의 도마뱀처럼 보였다.

물론 그때부터 점심을 먹기 전까지는 외출 금지였다. 그래서 동네 장난꾸러기 친구들과의 흥미진진한 싸움에 뛰어들 수 없었다. 그럼 점심을 다 먹은 여덟 살짜리 꼬마가 무엇을 해야 했을까?

그렇다. 나는 아버지의 손에 이끌려 억지로 낮잠을 자야 했다!

이 거대한 세계에서 내 또래의 수많은 아이들이 말뚝에 매인 소처럼 낮잠에 매여 있었다. 그건 아이들이 말썽을 피우며 돌아다니거나 문제를 일으켜 화가 난 이웃이 찾아오는 것을 미리 방지하기 위해 부모님들이 꾸며 낸 음모였다.

어른들은 그 모든 게 아이들의 건강을 위해서라고 둘러댔지만 사실 낮잠은 여덟 살 아이의 건강에 별다른 영향을 미치지 못한다. 정말 낮잠이 필요한 사람은 오히려 어른들이었다. 건강은 나이가 들수록 점점 더 나빠지는 거니까.

과로는 두통을 일으키고 눈을 침침하게 하며, 어깨를 뭉치게 하고 손을 떨게 만든다. 과로에 시달리는 어른들이 건강을 회복하기 위해서는 밤에 자는 것만으로는 충분하지 않다.

반면 세상에 태어나 겨우 팔 년을 산 아이에게 낮잠은 그리 대단한 것이 아니었다.

여덟 살 때 내 생각이 그렇게 깊은 곳까지 미친 것은 아니었지만, 단잠을 자기 위해 양들을 재우는 양치기처럼 아버지 자신이 낮잠을 즐기기 위해 나를 억지로 재우는 게 아닌가 하는 의심은 지울 수가 없었다.

밖에서 서로 치고받으며 즐거워하고 있을 친구들의

모습이 떠오를 때마다 나는 아버지 곁에 누운 채 몸을 뒤척이며 깊은 한숨을 내쉬었다.

"그만 좀 꼼지락거려! 그렇게 움직여서야 어떻게 잠이 들겠니?"

아버지가 호통을 치면 잠시 뒤척임을 멈췄지만 눈은 여전히 말똥말똥 뜨고 있었다.

"눈 감아! 눈을 뜨고 어떻게 잠을 자니?"

아버지가 나를 돌아본 것은 아니었으니 그 말은 추측에 불과했을 것이다. 하지만 불행히도 아버지의 추측은 언제나 적중했다.

나는 아버지의 말대로 눈을 감았다. 하지만 눈꺼풀 아래서 눈동자가 제멋대로 움직이는 것만큼은 내 의지로 어찌할 수가 없었다.

잠시 후 아버지가 물었다.

"자고 있니?"

"네, 자요."

순진한 어린아이였던 나는 매번 아버지가 쳐 놓은 함정에 걸려들었다.

그렇게 또 꾸지람을 듣고 나면 나는 원치 않는 낮잠을 자야 하는 내 처지를 비관하며 잠시 누워 있다가 나도 모르게 스르르 잠에 빠져들곤 했다.

잠에서 깨어나면 나는 또다시 어른들이 짜 놓은 삶의 경로를 따라가야 했다. 욕실로 가서 세수를 한 다음 곧바로 책상 앞에 앉아 골치 아픈 숙제를 하는 것이었다.

가끔은 동네 아이들과 집 앞에서 놀도록 허락을 받았지만 어머니의 감시망을 벗어날 수는 없었고(우리 어머니는 집 안에서 내가 모르는 구멍을 통해 나를 지켜보았다), 기껏해야 돌차기 놀이나 장님 놀이처럼 걸핏하면 징징대는 여자애들이나 할 법한 놀이밖에 할 수 없었다. 이웃집으로 놀러 갈 방법을 궁리하던 나는 머리를 써서 어머니를 설득했다. 그리고 결국 놀러 가도 좋다는 어머니의 허락을 얻어 내는 데 성공했다.

한바탕 놀고 난 다음에는 다시 책상 앞으로 돌아가 교과서를 외워야 했다. 외우면 외울수록 잊어버리는 것이 더 많았지만, 어머니가 만족할 때까지 읽고 또 읽어야 했다. 그러면 안심한 어머니는 곧 나를 내버려 두고 요리를 시작했다.

　그 순간 내 인생은 참을 수 없이 따분했다.

　밥이 다 되기를 기다리는 동안 나는 지루함에 몸부림치며 교과서를 외웠다. 그리고 밥이 다 되면 마지못해 밥을 먹고 또다시 교과서를 외웠다.

　어머니가 내게 텔레비전 시청을 허락하는 경우는 매우 드물었다. 내 눈에 우리 집 텔레비전은 마치 쓸모없는 장식용 가구처럼 보였다. 나는 다음 날 학교에서 배울 내용을 모두 암기한 후에야 비로소 책상을 떠날 수 있었다.

　내가 과제를 제대로 끝냈는지 검사하는 것은 언제나 아버지의 몫이었다. 어머니와 달리 아버지의 태도는 무척 단호했다. 만약 아버지가 경찰관이나 판사, 세무 담당 공무원이었다면 아마 초고속 승진을 했을 것이다. 아버지는 내가 죽음을 앞둔 사람처럼 낙담한 표정을 지어도, 가엾은 아이 같은 얼굴로 눈물을 찔끔거려도 결코 마음이 흔들리거나 태도를 바꾸는 법이 없었다.

　"다 외웠어요, 아빠."

　먼저 입을 여는 사람은 나였다.

그러면 아버지는 내게 다가와서 의심이 가득한 눈으로 나를 쳐다보았다.

"확실하니?"

"네!"

나는 재빨리 대답했다. 하지만 아버지가 검사를 시작한 지 얼마 되지도 않아 나는 내 말이 사실과 정반대였음을 스스로 증명해 보였다. 머리를 나무에 부딪친다 해도 절대 잊지 않으리라 다짐했던 내용조차 갑자기 생각나지 않았다.

"다시 외워라!"

아버지는 어깨를 으쓱하며 말한 다음 신문을 꼭 움켜쥐고 돌아섰다. 그럴 때 아버지의 뒷모습은 마치 어떤 메시지를 전하는 것 같았다. 그건 내가 교과서를 완벽하게 외울 때까지 기사와 기사 사이에 실려 있는 조그마한 광고들까지도 모조리 읽으며 기다리겠다는 뜻이었다.

아버지 손에 들린 신문이 부르르 떨리는 것을 보며 그 모습조차 뭔가 특별한 의미를 담고 있는 건 아닌지 두려워졌다. 아버지는 필요하다면 신문을 두 번이고 세 번이고 계속해서 읽을 사람처럼 보였다. 나는 사형대 앞에 선 죄수처럼 절박한 마음으로 책 속의 단어에 정신을 집중해야 했다. 하지만 그런 불안한 분위기 속에서 어떻게 단어를 외울 수 있단 말인가!

그러니 단어를 다 외우기도 전에 잠에 빠져들 수 있도록 하늘이 내게 자비를 베푼 건 어쩌면 당연한 일인지도 모른다. 그때쯤 나는 더 이상 한 글자도 읽을 수 없을 만큼 몰려오는 잠에 취해, 안쓰러운 눈으로 나를 지켜보는 어머니 앞에서 갈지자로 비틀거리며 비몽사몽 침대로 향했다.

그렇게 나의 하루는 끝이 났다.

아주 특별한 부모들

이제 여러분은 나의 하루에 대해 모두 알게 되었다.

내 인생 전체를 이야기하는 데는 단 하루면 충분하다. 매일매일이 다 똑같은 날들이었기 때문에 굳이 다른 하루에 대해 이야기할 필요는 없다고 생각한다. 사람들이 흔히 하는 말처럼 하루는 다른 모든 하루들과 똑같은 가치를 지니고 있었다.

똑같은 일상이 끝없이 반복되는 것을 인생이라고 한다면 내게 인생이란 너무나 단조로운 것이었다. 나는 어른이 된 후에야 이 반복되는 일상을 다른 말로도 정의할 수 있다는 걸 알게 되었다. 어른들은 그것을 안정이라고 불렀다.

자신이 계획한 대로 직업과 직장을 얻었을 때 많은 사람들은 '꿈을 이루었다'고 생각한다. 하지만 정말 그럴까? 국가의 경제 성장률을 예측할 수 있다는 건 분명 좋은 일이다. 하지만 개개인의 정서적 성장률마저 경제 성장률처럼 정확히 예측할 수 있게 된다면 인생은 정말로 시시하고 따분해질 것이다. 상상해 보라! 한 달 만에 사랑에 빠지고, 삼 개월 뒤엔 조금 더 깊이 사랑하게 되고, 육 개월 뒤에는 그보다 더 깊이 사랑하게 될 것을 미리 알고 확신할 수 있다면 세상에 그런 우스운 일이 또 어디 있겠는가.

나는 그동안 수많은 젊은이들이 인생의 중요한 일들을 계획하는 모습을 지켜보아 왔다. 스물두 살에 대학을 졸업하고, 스물다섯 살에 결혼을 하고, 스물일곱 살에 사업을 시작하고, 서른 살에는 아기를 갖고…… 정말 세밀한 계획이다! 하지만 인생이 그토록 치밀하게 과학적으로 설계되어 있고 모든 것이 계획한 대로만 이루어진다면 우리는 대체 어디서 기쁨이나 즐거움과 같은 삶의 진정한 감정들을 찾을 수 있을까?

어떠한 감정들에 대해 논할 때, 개개인의 관점의 차이를 무시해서는 안 된다. 낙관적인 사람들이 안정이라 부르는 것을 비관적인 사람들은 단조로움으로 받아들이기도 한다. 결혼 생활에서도 마찬가지다. 똑같은 상황에서도 어떤 사람들은 평화로움을 느끼는 반면 어떤 사람들은 지루함을 느낀다. 그러니 감정이라는 것은 과학적으로 평가하고 판단할 수 있는 성질의 것이 아니다.

자, 어른이 된 후에 알게 된 것들을 이야기하다 보니 나도 모르게 결혼 생활에서 금기시되는 민감한 이야기까지 꺼내고 말았다!

다시 조금 전의 주제로 돌아가서 내 여덟 살 때의 이야기를 계속해야겠다.

지금부터 여러분에게 들려줄 이야기는 남편과 아내에 대한 것이다. 하지만 걱정은 마시라. 그건 그저 소꿉놀이, 그러니까 그 나이의 모든 아이들이 좋아하는 놀이에 관한 이야기니까. 물론 아이들이 자랄수록 그 놀이는 마치 실제처럼 점점 더 진지해지겠지만.

내 짝꿍은 '띠'라는 이름의 이웃집 소녀였다.

나는 남편이었고 띠는 내 아내였다.

띠는 결코 예쁜 아이라고 할 수 없었다. 온종일 햇빛 아래서 뛰어다닌 탓에 피부는 까무잡잡했고 머리는 늘 엉망으로 엉켜 있는 데다 썩은 이까지 가지고 있었다.

그래도 나는 그 애를 기꺼이 내 아내로 맞았다. 띠가 나를 좋아했고 항상 내 이야기에 귀 기울여 주었기 때문이다. 사실 내가 정말로 좋아한 아이는 '뚠'이었다. 뚠은 우리 동네에서 가장 예뻤고 두 뺨에는 보조개도 있었다. 하지만 그 애가 가끔 '하이'라는 키 큰 남자애와 같이 다니는 게 눈에 띄었기 때문에 나는 뚠과 결혼하지 않기로 했다. 나는 뚠과 하이의 모습을 보며 마음 한구석이 불편해지는 것을 느꼈다. 어른들의 세계에서 그런 감정을 질투라고 부른다는 건 한참 뒤에야 알게 된 사실이다.

나는 홧김에 띠와 결혼했다. 말하자면 '내가 좋아하는 사람보다 나를 좋아해 주는 사람과 결혼해야 행복하게 살 수 있다'는 어른들의 말에 따르기로 한 것이다.

띠와 나는 결혼하자마자 아들과 딸을 두었다. 아이들의 이름은 각각 하이와 뚠으로 정했다. 내 마음을 불편하게 만든 두 사람이 이번에는 내 아이가 된 것이다. 그렇지만 사실 하이는 나보다 한 살 위였다.

*

"하이, 어디 있니?"

내가 큰 소리로 하이를 불렀다.

"저 여기 있어요, 아빠."

하이가 내게 달려왔다.

나는 하이의 손윗사람 행세를 했다.

"물 좀 가져와!"

"저 지금 숙제하고 있는데요."

키득거리는 뚠을 곁눈질하며 하이가 내게 반항했다.

"이 시간에 숙제를 하고 있다고? 이런 게으름뱅이 같으니!"

내가 고함쳤다.

하이는 내 말을 좀 더 확실히 들어야겠다는 듯 손가락으로 귀를 후볐다.

"숙제를 하는 게 게으른 짓이라고요?"

"당연하지! 숙제 따위는 절대로 하지 마! 착한 아이라면 여기저기 뛰어다니고, 나무에 오르고, 강에서 헤엄치고, 친구들과 치고받고 싸워야 해!"

하이는 세상에 이런 정신 나간 아버지가 있다는 사실을 믿을 수 없다는 표정으로 나를 쳐다보다가 곧 내 말을 이해했다는 듯 활짝 미소 지었다.

"그럼 지금 당장 싸우러 나갈게요!"

하이는 그 말을 마치자마자 어디론가 뛰어가 버렸다.

하지만 나는 그런 하이에게 조금도 화가 나지 않았다. 아니, 오히려 마음이 희망으로 잔뜩 부풀었다. 불현듯 인생을 조금이나마 덜 지루하게 만들 방법을 발견한 것 같았다.

"뚠!"

내가 다시 소리쳤다.

"네, 아빠. 물 가져다 드릴까요?"

그 말에 나는 숨을 죽이고 낄낄 웃었다.

"일부러 똑똑한 척하려고 애쓰지 마라. 그리고 난 더이상 목마르지 않다."

나는 일부러 화를 참고 있는 듯한 목소리를 냈다.

"난 똑똑한 애들이 정말 싫어. 눈 깜짝할 사이에 교과서를 다 외워 버리는 그런 애들 말이야! 흥, 그런 녀석들은 잘난 척하기를 좋아하지!"

뚠은 내 말을 조금도 이해하지 못한 눈치였다. 뚠은 화가 난 듯한 내 모습을 보고 두려운 듯 몸을 움츠렸다.

"아니, 아니에요. 전 똑똑하지 않아요. 전 아주 멍청해요."

"그렇다면 넌 정말 착한 아이로구나."

나는 주머니를 뒤져 전날 먹다 남은 작은 사탕 하나를 꺼냈다.

"상으로 이걸 주마."

뚠은 어리둥절한 표정으로 사탕을 받아 들었다. 뚠은 너무 멍청하다는 이유로 상을 받게 된 이 상황을 이해하지 못했고, 그래서 감히 사탕을 먹을 엄두도 내지 못했다.

내가 뚠에게 사탕을 먹으라고 권하려 하는데, 하이가 진짜 싸움을 벌이고 온 듯 숨을 헐떡이며 집 안으로 뛰어 들어왔다.

"싸우고 왔니?"

나는 다정하게 물었다.

"네, 아빠."

하이가 즐거워하며 대답했다.

"애들 열 명을 두들겨 패 줬어요, 아빠!"

"잘했다. 아빠 말을 참 잘 듣는구나."

나는 하이를 칭찬하며 머리끝부터 발끝까지 그 애의 온몸을 눈으로 훑었다.

"그런데 왜 네 옷이⋯⋯."

"아직 깨끗해요, 아빠."

하이가 자랑스럽게 말했다.

"애들과 싸웠지만 옷은 멀쩡해⋯⋯."

"이 나쁜 녀석!"

나는 하이가 말을 끝내기도 전에 큰 소리로 호통을

쳤다.

"신 나게 싸웠다면서 옷도 더럽히지 않고 얼굴에 멍도 들지 않았다고?"

예상치 못한 나의 반응에 하이는 한동안 어리둥절한 표정이었다. 뒤로 물러서는 것 말고는 어떻게 대응해야 할지 몰라 당황하는 것 같았다.

"그, 그게…… 하지만……."

"넌 나쁜 녀석이야! 넌 이 아빠를 부끄럽게 만들고 있어!"

아내인 띠는 아이들을 가르치는 내 방식에 혼란스러워하기 시작했다.

"여보, 하이가 옷을 더럽히지 않은 건 잘한 일이잖아요."

"당신은 아무것도 몰라!"

나는 띠에게 고함쳤다. 내 입에서 튀어나온 침이 띠의 얼굴을 간신히 비켜 갔다.

"난 싸움을 하라고 했지 파티에 다녀오라고 하진 않았어! 저 애가 옷을 더럽히지 않고 싸운 걸 보면 조상님들

32

도 부끄러워하실 거야!"

나는 답답하다는 듯 주먹으로 가슴을 쳤다.

"차라리 날 찌르는 편이 낫겠어! 아들아, 이리 와서 날 죽여라!"

미친 듯이 소리치는 내 모습에 띠는 침묵했다.

하이는 몸을 구부린 채 정신없이 웃었다. 뚠은 비둘기 똥이라도 맞은 사람처럼 놀란 얼굴로 그 자리에 얼어붙어 있었다. 그 애는 손에 쥔 사탕을 주머니에 집어넣어야 할지, 아니면 입에 집어넣어야 할지 몰라 고민하고 있는 것 같았다. 자신의 괴짜 아버지가 어떤 행동을 나쁜 짓이라고 생각할지, 더 나아가 조상님들을 부끄럽게 할 짓이라고 여길지 알 수 없었기 때문이리라.

*

친구들은 내 이상한 행동에 잠시 놀라는 듯했지만, 곧 이 멋진 놀이에 빠져들었다.

그다음 날에는 하이와 뚠이 아빠와 엄마 역할을 맡기

33

로 했다. 띠와 나는 두 사람의 딸과 아들이 되었다.

하이는 밤새 날이 밝기만을 기다리며 몸을 뒤척인 게 분명했다. 아침에 본 그 애의 눈은 토끼처럼 빨갰다. 그 날이 일요일이 아니었다면 하이는 학교를 마칠 때까지 애가 타서 죽을 지경이었을 것이다.

"꼬마 무이는 어디에 있지?"

하이가 잔뜩 흥분한 목소리로 물었다.

'꼬마 무이'는 우리 식구들이 나를 부르는 애칭이었다. 아마도 내가 양(베트남 어로 '무이'는 십이지 중 여덟 번째 '양'을 가리킨다 — 옮긴이)의 해에 태어났기 때문일 것이다.

"여기 있어요."

나는 두려움에 가득 찬 목소리로 대답했다.

"책하고 공책 가져와."

나는 허리춤에서 공책을 꺼내어 걱정스러운 얼굴로 하이에게 건넸다. 그리고 그 애가 무엇을 가르치려는 건지 가늠해 보려 했다.

하이는 공책을 몇 장 넘겨 보다가 내게 고함쳤다.

"꼬마 무이!"

나는 겁에 질린 표정을 지으며 하이를 쳐다보았다.

"네?"

하이는 주먹으로 탁자를 탕탕 두드리며 말했다.

"공책이 왜 이렇게 깨끗하지?"

하이가 창밖으로 공책을 집어 던질 때까지 나는 아무 말도 하지 못하고 끙끙대는 시늉을 했다.

"넌 정말 나쁜 학생이야! 공책을 이렇게나 깨끗하게 쓰다니! 선생님이 뭐라고 생각하시겠니? 분명 우리 집 가정 교육이 형편없다고 생각하실 텐데 넌 걱정되지도 않니?"

하이가 사정없이 꾸짖었지만 나는 기분이 매우 좋았다. 이전에는 하이가 그렇게 훌륭한 아버지가 될 수 있을 것이라고 상상도 하지 못했다.

나는 기쁜 마음으로 용서를 구했다.

"아빠, 죄송해요. 앞으로는 공책을 깨끗하게 쓰지 않을게요."

나는 이렇게 말하고 뒤를 돌아보았다. 뚠과 띠가 구석

에 서서 터져 나오는 웃음을 막기 위해 손으로 입을 가리고 있었다.

"넌 왜 웃고 있는 거냐?"

하이가 화난 눈으로 띠를 쳐다보았다.

"밥이 다 된 모양이구나. 그러니까 거기 서서 그렇게 웃고 있었겠지?"

"네, 상을 다 차렸어요. 저녁 드세요."

"너 지금 제정신이냐?"

하이가 허공에 대고 팔을 휘둘렀다.

"식사 시간에 식탁에 모이는 건 못 배운 사람들이나 하는 짓이야. 알겠니?"

"아뇨, 모르겠는데요. 그럼 잘 배운 사람들은 어떻게 하나요, 아빠?"

"당연히 밖으로 놀러 나가지."

하이는 마치 웅변을 하는 연사처럼 몸짓을 섞어 가며 말했다.

"나가서 수영을 하고, 공을 차고, 물고기를 잡고, 술래 잡기를 하고, 치고받고 싸워야지. 한마디로 교육을 잘 받은 사람들은 고작 밥을 먹는 일 따위로 식탁 앞에 앉아 바보처럼 기다리지 않아. 오히려 다른 사람들을 기다리게 만들기 위해 무슨 짓이든 하지."

뚠이 곁에서 조용히 거들었다.

"네 아빠 말씀이 맞아. 버릇없는 아이들이나 식사 시간에 밥을 먹는 거란다!"

*

처음에는 이런 말도 안 되는 놀이를 좋아하는 아이가 나 하나뿐일 거라고 생각했다. 그런데 알고 보니 다른 아이들도 모두 이 놀이를 좋아했다. 띠는 우리 무리에서 가장 성품이 착하고 적응이 더딘 아이였다. 하지만 놀이를 시작한 지 삼 일째 되던 날, 엄마 역할을 맡은 띠는 새로운 놀이에 적응하기 시작한 듯 하이를 나무랐다.

"하이, 2 곱하기 4는 뭐지?"

"8이요."

띠는 하이나 나처럼 목청을 높이지는 않았지만 기분

이 몹시 상한 듯한 표정을 지어 보였다.

"어떻게 8이지? 부끄러운 줄을 알아! 널 학교에 보내기 위해 엄마 아빠가 얼마나 희생하며 사는지 아니?"

하이가 눈을 껌뻑였다.

"그럼 뭐예요?"

"8을 제외하면 뭐든 될 수 있지."

"하지만 엄마, 구구단에는 2 곱하기 4는 8이라고 되어 있어요."

"네가 앵무새니? 구구단에 나와 있는 대로 무조건 따를 거야? 넌 생각이란 게 있는 거니, 없는 거니?"

띠의 말에 하이는 반성하는 듯한 표정을 지으며 머리를 긁적였다.

"다음에는 남들이 하는 말을 그대로 다 믿지 않을게요. 구구단이나 선생님 말씀이라고 해도요. 앞으로는 머리를 써서 스스로의 힘으로 생각하겠다고 약속할게요."

하이의 이 말은 우리 모임의 좌우명이 되었다. 다른 사람들이 정해 놓은 규칙에 의존하며 살던 암울한 시절에 종지부를 찍은 것이다. 그때부터 삶은 비로소 살 만한 가치를 지니게 되었다.

그러나 어른들의 말처럼 행복은 그리 오래가지 않았다.

어느 날 하이가 엉망이 된 얼굴로 놀러 왔다. 하이의 표정을 본 순간, 나는 인생이 여전히 이전과 다름없다는 것을, 마치 일 년 내내 겨울인 세상처럼 암울하기만 하다는 것을 깨달았다.

"무슨 일이야? 맞았어?"

호기심이 발동한 내가 하이에게 물었다.

"응, 책이랑 공책을 깨끗하게 쓰는 건 멍청한 애들뿐이라고 말했다가……."

그때 띠가 부루퉁한 얼굴로 나타났다.

"3 곱하기 5는 15가 아니라고 우기다가 아빠한테 혼났어."

설상가상으로 뚠이 눈물이 그렁그렁한 눈으로 훌쩍이며 나타났다.

"점심시간에 집으로 달려가지 않아서 엄마가 나를 부르다가 목이 쉬어 버렸어."

나는 세 친구를 보고 깊은 한숨을 내쉬었다.

나는 좀 더 혁명적인 사람이 되고 싶었다. 하지만 더 이상 아무것도 바꿀 수 없다는 것을 깨닫자 갑자기 모든 게 지루하게 느껴졌다. 게다가 내가 만든 새로운 규칙이 친구들을 곤경에 빠뜨리고 있었다.

나는 하이처럼 불행한 티를 내거나 띠처럼 부루퉁한 표정을 짓지 않았고, 뚠처럼 울지도 않았다.

하지만 사실 내 마음은 누구보다도 괴로웠다. 나의 고통은 친구들의 고통보다 훨씬 더 컸고, 적어도 셋의 불행을 합친 것과 맞먹을 정도였다. 왜냐하면…… 바로 전날 나는 친구들이 저지른 세 가지 잘못을 한꺼번에 저질러서 매를 맞았던 것이다.

우리가 아는 세계의 이름 바꾸기

몸과 마음에 중대한 타격을 입은 뒤, 우리는 결국 공책 뒷장마다 붙어 있는 구구단을 있는 그대로 받아들일 수밖에 없었다. 그것을 바꾸기 위해서는 좀 더 지식이 많은 어른이 될 때까지, 그러니까 우리가 세계적으로 유명한 수학자가 될 때까지 기다려야만 했다. 그때가 되어서야 비로소 우리가 원하는 대로 구구단을 고칠 수 있을 터였다.

그날이 오기를 기다리는 아주 긴 시간 동안, 하이와 뚠과 띠와 나는 고통을 참고 2 곱하기 4가 8이며 3 곱하기 5는 15라는 사실에 고개를 끄덕여야만 했다.

굴욕적인 패배를 경험한 이후, 우리는 다시 부모님이 원하는 착하고 올바른 아이들의 모습으로 돌아갔다. 뜨거운 햇빛 아래서 눈을 가리는 게 당연한 것처럼 책과 공책을 깨끗하게 쓰는 것 역시 당연하다는 사실을 인정해야 했고 그러기 위해서 진지하게 노력해야 했다. 마지막으로 우리는 열심히 공부하는 학생이 절대 나쁜 아이가 아니라는 어른들의 주장도 받아들여야 했다.

삶은 다시 이전으로 돌아갔고, 나는 내가 태어난 이래로 끝없이 이어져 온 단조로움에 지쳐 가고 있었다.

'나는 지금 뭘 해야 하는 거지?'

나는 생각하고 또 생각했다. 그리고 다행히도 마침내 탈출구를 찾아냈다.

"이것 좀 봐, 얘들아!"

그렇다. 나는 혁명가였다. 나는 흩어진 패잔병들을 다시 불러 모았다.

"지금부터 우리는 더 이상 닭을 닭이라고 부르지 않고, 새를 새라고, 공책을 공책이라고, 연필을 연필이라고 부르지도 않을 거야. 알겠지?"

띠는 멍한 얼굴로 나를 쳐다보았다.

"그럼 뭐라고 불러야 하는데?"

"뭐라고 불러도 상관없어. 지금과 같은 이름만 아니라면 말이야!"

하이가 눈을 깜빡였다.

"그럼 모자를 공책이라고 부르고 머리를 다리라고 불러도 괜찮다는 거야?"

"안 될 게 뭐야? 머리를 엉덩이라고 불러도 상관없어."

나는 숨을 크게 내쉬며 대답했다.

뚠이 궁금한 듯 물었다.

"하지만 우리가 왜 그래야 하지?"

그해, 그러니까 내가 여덟 살이었던 그때, 나는 서양 사람들이 진실을 알아내기 위해 종종 육하원칙(누가, 언제, 어디서, 무엇을, 왜, 어떻게)을 사용한다는 것을 알지 못했다. '왜'라는 말로 시작되는 질문은 항상 가장 중요했지만 대답하기는 어려운 것이었다. '왜'라는 의문사는 다른 의문사들보다 훨씬 더 중요한 것이었다.

아마 여러분은 어린 시절에 '왜'로 시작되는 질문들을 수도 없이 퍼부어서 부모님을 곤혹스럽게 만든 경험이 있을 것이다.

왜 폭우가 쏟아지는 날에는 천둥 번개가 치나요?

왜 머리에 머리카락이 나는 거죠?

왜 우리는 새해를 기념하는 거죠?

왜 설탕은 달고 소금은 짤까요?

왜 피는 빨갛죠?

왜 황새는 한쪽 다리로 서서 잠을 자나요?

왜 남자의 가슴은 여자와 다르게 생겼을까요?

왜 지구는 태양의 둘레를 도는 걸까요?

어릴 때 우리가 던진 질문들은 아주 쉬운 것부터 아주 어려운 것까지 다양했다. 어떤 질문들은 너무 어려워서 학식이 아주 높은 과학자들만이 만족할 만한 대답을 내놓을 수 있을 정도였다. 그래서 아이들이 질문을 하면 부모님들은 은근슬쩍 다른 이야기를 꺼내어 화제를 돌려 버리거나, 훌륭한 과학자가 되지 못한 자신에게 화가 나

아이들에게 괜한 화풀이를 하곤 했다.

그렇지만 '왜 우리는 태어났죠?', '왜 우리는 살아야 하나요?', '왜 우리는 죽어야 하죠?'와 같은 질문들은 제아무리 똑똑한 과학자라 해도 대답할 수 없는 것이었다. 그 질문들은 형이상학적인 것으로 철학의 범주에 속해 있었다. 싯다르타 왕자는 존재의 의미를 깨닫기 위해 이 기본적인 질문들의 답을 찾아 나섰고, 그 결과 훗날 '부처'라 불리는 역사상 가장 위대한 성인이 되었다.

나는 두서없이 지껄이기 시작했다. 하지만 그건 전부 뚠 때문이었다. 뚠이 내게 '왜'라는 질문을 던졌기 때문이었다. 내게 이토록 까다롭고도 심오한 질문을 던지다니. 철학적인 질문에 제대로 답하려면 먼저 철학자가 되어야 했다. 비록 그 질문에 답해야 하는 사람이 위대한 인물이 되는 데는 조금도 관심이 없는, 고작 여덟 살짜리 꼬마라 해도 말이다.

나는 흥분으로 얼굴이 빨갛게 달아오를 때까지 외치고 또 외쳤다.

"우리가 왜 그래야 하냐고? 우리에겐 어른들과는 다

른 우리만의 규칙이 있고 그걸 증명해 보일 필요가 있으
니까. 얌전히 어른들이 정한 규칙에 따르는 건 싫으니까.
왜 개를 개라고 불러야만 하지? 젠장! 개를 개라고 불러
야 한다는 주장은 헛소리일 뿐이야! 만약 처음에 누군가
가 개를 다리미라고 불렀다면, 지금쯤 우리도 똑같이 다
리미라고 부르고 있을 테니까. 우린 남들이 우리보다 조
금 먼저 지어냈을 뿐인 말들을 아무 생각 없이 따라 하
고 있는 거라고! 바보 같은 짓이지!"

"와, 꼬마 무이, 너 진짜 멋지다!"

하이가 감격한 듯 소리쳤다.

"우리 다리미들 중에서는 말이야, 뚠네 다리미가 제일
사나워. 뚠이 다리미를 기둥에 묶어 놓지 않으면 남편인
나조차도 집 안에 들어갈 수 없다니까!"

"하이!"

뚠이 투덜댔다.

"그 팔 좀 닫지 그래."

그 말에 하이는 한쪽 팔을 앞으로 쭉 뻗은 채 인상을
찌푸렸다.

"이 팔을 말하는 거야?"

나는 웃음을 터뜨렸다.

"내 생각엔 네 입을 말하는 것 같아."

"아!"

하이가 알겠다는 듯 머리를 살짝 끄덕였다.

"그거 좋은 생각이다. 그럼 우리 앞으로는 입을 팔이라고 부르자!"

*

그때 여러분이 우리 세계로 들어오지 않은 건 참 다행스러운 일이다. 만약 그랬다면 여러분은 자신이 다른 행성에서 길을 잃어버린 게 아닐까 의심했을 테니까.

절대 과장이나 거짓말이 아니다. 여러분은 그 당시 우리가 주고받았던 말들을 결코 이해하지 못했을 것이다.

"날이 어두워졌네. 이제 그만 쇼핑하러 집에 가야겠어."

"엄마가 돌아오는 내 생일에 새로운 우물을 사 주기로

약속했어."

아무리 상상력이 풍부한 사람이라 해도, 우리가 태연
히 주고받는 '쇼핑하다'라는 말이 실은 '잠을 자다'라는
뜻이라는 건 눈치채지 못했을 것이다. 또 '우물'이라는
말이 실제로는 '책가방'을 가리킨다는 것도.

부모님들은 우리가 바보처럼 그런 말도 안 되는 소리
를 하고 다니는 것을 못마땅하게 생각했다. 시간이 흐르
고 새로운 규칙이 하나둘 늘어 갈수록 부모님들과 부딪
치는 일도 점점 더 많아졌다. 특히 띠가 선풍기를 끄라
는 아버지의 말에 텔레비전을 꺼 버렸을 때, 뚠이 다리미
를 가져오라는 어머니의 말에 검은색과 갈색 반점이 박
힌 자기 강아지 벤을 찾으러 밖으로 달려 나갔을 때는 더
더욱.

그때 우리는 그것이 오직 아이들만 생각해 낼 수 있는
특별한 게임이라고 생각했다. 우리는 이 세상이 다시 태
어나기라도 한 것처럼 모든 것을 새로 이름 짓겠다는 원
대한 목표를 가지고 있었다. 가능한 한 이 세계에 있는
모든 것들에 새로운 이름을 지어 주고 싶었다. 우리가 사

는 세계는 이미 너무 늙어 버렸고 우리는 아직 너무 어렸기 때문에 이 세계에서 우리가 할 수 있는 일이란 그리 많지 않았다. 그래서 우리는 아이들을 위한 좀 더 젊고 생명력 넘치는 세상이 꼭 필요하다고 생각했다.

시간이 흘러 어른이 되었을 때, 나는 의외로 어른들도 이 놀이를 좋아한다는 사실을 알게 되었다. 하지만 어린 시절에 우리가 했던 놀이와는 그 목적이 달랐다. 어른들은 뇌물을 '감사의 선물'이라 불렀고, 잘못된 행동을 '무책임'이라고 불렀으며, 횡령은 '심각한 결과를 초래하는 손실'이라고 불렀다. 이런 식으로 이름을 바꾸어 부르는 이유는 분명한 것을 복잡하게 만들기 위해서였다. 짧고 단순하고 명료한 단어를 이해하기 어렵고 모호한 단어로 바꾸어 말하는 것이다. 그건 어른들이 쓰는 전형적인 수법이었다. 그런 식으로 아무 단어에나 모호한 의미를 갖다 붙이기를 계속한다면, 어느 날 사람들은 '어떤 사물에 의도적인 힘을 가하여 주인 모르게 다른 장소로 옮겨 놓는 사람'에게 노벨 물리학상을 수여하겠다고 나설지도 모를 일이다. 일반적으로 우리 세계에선 이 아름답고도 복잡한 정의가 '소매치기'를 뜻하지만 말이다.

아무튼 아이들은 어른들보다 훨씬 더 단순하고 명료
했다. 그래서 우리는 종종 사고를 쳤고 그 대가를 치러야
했다.

이를테면 하이가 친 사고는 이런 것이었다.

어느 수업 시간에 선생님이 하이에게 국어 책을 읽어
보라고 했다.

"하이, 국어 책을 꺼내라!"

하이가 조용히 수학 책을 꺼내 들자 선생님이 다시 말
했다.

"그 책이 아니잖니!"

선생님은 깜짝 놀라며 말을 이었다.

"국어 책을 가지고 오지 않은 거니? 공책은 어디 있
지? 지난 시간에 필기는 했니?"

하이는 당황하며 바지 주머니에서 천으로 된 모자를
꺼내 책상 위에 올려놓았다.

"하이, 지금 장난하는 거니?"

선생님이 벌겋게 달아오른 얼굴로 자리에서 벌떡 일

어섰다.

"당장 교무실로 따라와! 교장 선생님을 만나야겠다."

"교장 선생님은 오늘 학교에 안 와요. 어제 저랑 싸워서 집에서 끙끙 앓고 있거든요."

사실 하이가 말한 교장 선생님이란 바로 나였다. 그 일이 있기 전날 오후 나는 하이와 누가 아버지 역할을 먼저 맡을 것인지를 두고 다투었는데 그날 저녁부터 갑자기 열이 오르기 시작했다. 왜 열이 났는지 그 이유는 오직 신만이 아실 테지만, 하이는 자기가 나를 두들겨 팼기 때문에 내가 아픈 것이라고 친구들에게 떠벌리고 다녔다.

우리가 만든 새로운 세계에서 하이는 보안관이었고, 뚠은 비행기의 승무원이었으며, 띠는 백설 공주, 나는 교장 선생님이었다. 우리는 각자 마음속에 비밀스럽게 간직해 온 소망에 따라 이름을 지었다.

하이가 사고를 치기 전까지 우리의 세계는 이처럼 아름다운 날들과 행복한 소리들로 가득 차 있었다.

"교장 선생님, 내가 엄마 역할을 할게. 교장 선생님은 내 아들이야, 알았지?"

"보안관, 팔로 뭘 씹고 있는 거야? 혼자서 뭔가 먹고
있는 건 아니겠지?"

"백설 공주, 저리 좀 가! 혹시 어젯밤 쇼핑하는 동안
이불이라도 적신 거야? 냄새가 정말 지독한데!"

"어이, 승무원, 새 공책 샀어? 좀 써 봐도 될까?"

여러분도 이미 눈치를 챘겠지만 우리는 모자를 공책
으로, 텔레비전을 선풍기로, 잠자기를 쇼핑하기로 바꾸
어 말했다. 그리고 수학을 국어로, 역사를 작문으로, 윤
리를 미술로 바꾸었다. 그 밖에 나머지 과목들도 실제와
는 전혀 다른 이름으로 부르곤 했다.

하지만 우리가 만든 이름들 가운데 그 어떤 것도 나를
'교장 선생님'이라고 부르는 것만큼 위험하지는 않았다.

몇 시간 동안 보안관과 씨름을 벌인 끝에, 다행히도
진짜 교장 선생님은 하이가 두들겨 팬 교장 선생님이 자
신이 아니라는 사실을 이해하게 되었다. 교장 선생님은
그 일을 대수롭지 않게 넘겼지만, 그 아찔했던 순간 이후
우리는 다시 개를 개라고 부르기 시작했다. 그리고 나는

다시 무이라는 원래의 이름으로 돌아왔다. 우리는 더 이상 어른들에게 혼란을 주는 방식으로 세상을 정의할 수 없었다.

어른들이 우리의 놀이를 금지한 이유는 어쩌면 샘이 났기 때문일지도 모른다.

너무너무 슬퍼!

니엔 삼촌은 린 누나를 사랑했다.

두 사람은 연인 사이였다.

하지만 내가 "왜 린 누나를 사랑해요?"라고 물었을 때 니엔 삼촌은 대답하지 못했다. 나는 뭐라고 대답해야 할지 몰라 난감해하는 삼촌의 모습에 적잖이 놀랐다.

시간이 흘러 내 인생에서 여덟 번째로 사랑에 빠졌을 때, 나는 비로소 누군가를 사랑하지 않는 이유를 말하는 것이 왜 사랑하는지를 설명하는 것보다 훨씬 쉽다는 사실을 깨달았다.

남자는 여자의 아름다운 얼굴선만 보고도 기꺼이 그 여자와 결혼할 수 있지만, 여자는 절대 남자의 멋진 다리만으로 그 사람과 결혼하지 않는다는 이야기가 있다. 그 이야기는 틀렸다. 결혼이 두 사람의 인생을 운명이라는 거대한 끈으로 묶어 준다고 진심으로 믿는 사람이라면, 남자든 여자든 특정 신체 부위만 보고 누군가와 결혼하지는 않을 것이다.

아름다운 얼굴선이나 사랑스러운 눈매를 가진 여자는 사람들의 관심을 끌지만, 그런 것들은 극장의 좌석 안내원의 손에 들린 손전등 불빛처럼 오직 이끌어 주는 역할만 할 뿐이다. 벨벳 커튼이 올라가고 조명이 켜지고 등장인물이 무대에 나타난 뒤에야 비로소 영혼의 진정한 모험이 시작된다. 그 연극이 얼마나 흥미로운가에 따라 관객들은 끝까지 자리를 지킬 수도, 도중에 나가 버릴 수도 있다.

사랑도 연극과 마찬가지다. 아름다운 외모는 분명 중요하다. 하지만 진정한 사랑을 얻기 위해서는 외적인 매력이라는 커튼 뒤에 좀 더 흥미로운 무언가를 숨겨 두고 있어야 한다.

참, 내가 무슨 얘기를 하고 있었더라?

그렇다. 다시 니엔 삼촌의 이야기로 돌아가자.

니엔 삼촌은 린 누나를 사랑했다.

두 사람은 진짜 연인이었다.

두 사람의 관계는 나와 띠, 하이와 뚠의 관계와는 완전히 달랐다. 두 사람은 결혼을 앞두고 있었다. 진짜 남편과 아내가 되려는 것이었다.

하지만 나와 띠, 하이와 뚠은 결혼할 생각이 조금도 없었다.

어른이 된 후에 보안관이 비행기 승무원과 결혼할지 어떨지는 알 수 없지만, 적어도 교장 선생님은 백설 공주를 아내로 맞을 만큼 멍청하지 않았다.

띠는 내 결혼 계획(물론 여덟 살이라는 나이에 정말로 결혼 계획 같은 게 있었다면)에 포함되어 있지 않았다. 띠는 내가 알던 여자들과 내가 앞으로 알게 될 모든 여자들 가운데 요리 실력이 가장 형편없었기 때문이다.

이미 말한 대로 음식에 관한 한 나는 결코 까다로운

사람이 아니었다. 음식의 영양분 따위에는 조금도 신경 쓰지 않았다. 세월이 흘러 나이가 들고 내 몸이 내 마음대로 움직이지 않게 되었을 때에야 비로소 나는 내 위 속에 들어갈 음식들이 얼마만큼의 단백질과 콜레스테롤과 포도당과 지방질로 구성되어 있는지 관심을 갖기 시작했다. 여덟 살 때 내게는 지방질과 섬유소가 똑같았고, 단백질과 포도당이 서로 다를 바 없었다.

당시 내가 좋아하는 음식은 딱 세 가지였다. 라면, 라면, 그리고 또 라면. 내가 라면을 손에 들고 있을 때마다 어머니는 완력을 써서라도 즉시 그것을 내게서 빼앗아 갔다. 그건 평소 어머니가 보여 준 다정한 품성에 반하는 단호하고도 엄한 조치였다.

그래서 나는 라면이 먹고 싶을 때마다 띠의 집으로 달려가 요리해 달라고 부탁하곤 했다. 사실 띠가 만들어 준 라면은 요리라고 부를 수도 없는 것이었다. 띠는 그릇에 라면과 소금을 달랑 넣고 그 위에 뜨거운 물을 부었다.

아마 이 세상에 그렇게 쉬운 요리는 또 없을 것이다. 그에 비하면 오믈렛을 만드는 일은 달나라에 우주선을

57

쏘아 올리는 것만큼이나 복잡하게 느껴질 정도였다. 그러나 팔 년의 인생을 사는 동안 띠는 단 한 번도 라면을 제대로 끓여 본 적이 없었다.

어떤 날에는 라면이 설익어 딱딱했다. 어떤 날에는 물의 양이 너무 많았다. 띠가 그릇 속에 숨어 있는 라면이라는 적들을 모조리 익사시키려 하는 건 아닌지, 그래서 며칠 전 내가 남편 역할에 몰입한 나머지 자기에게 소리 지른 데 대해 복수하려는 건 아닌지 의심이 들 지경이었다. 가끔 운 좋게 그릇에 물을 적당히 붓는 날도 있었지만, 그 순간 띠는 소금 넣는 것을 깜빡해 모처럼 찾아온 기회를 놓쳐 버리기 일쑤였다.

참다못한 나는 띠에게 라면 끓일 기회를 딱 세 번만 주기로 결심했다. 그리고 띠가 네 번째 라면을 끓이게 되었을 때, 마침내 나는 고함을 치고 말았다.

"저리 비켜! 주전자 이리 내놓으라고. 내가 직접 할 테니까."

*

58

아홉 살 되던 해에 내게 여동생이 생겼다.

내가 열일곱 살이 됐을 때 내 동생은 여덟 살이었다. 라면을 못 끓인다는 이유로 띠에게 저리 비키라고 고함을 쳤던 그때의 나와 같은 나이였다.

하지만 동생은 나나 띠와 달리 여덟 살에 밥도 하고 생선 탕도 끓이고 집 안 청소며 빨래까지 온갖 잡다한 일들을 척척 해 내곤 했다.

어머니는 동생에게 이렇게 말했다.

"여자애들은 뭐든 다 할 수 있어야 해. 너도 언젠가는 결혼을 하게 되겠지. 그때 사람들은 네가 집안일을 얼마나 잘해 내는지를 보고 엄마가 널 어떻게 가르쳤는지 판단할 거야."

이 말을 할 때마다 어머니는 마치 유명한 격언이라도 읊는 것처럼 엄숙한 표정을 지어 보였다. 프랑스 사람들은 '어떤 책을 읽는지를 보면 그가 어떤 사람인지 알 수 있다'고 생각한다. 반면 우리 어머니는 '살림 솜씨를 보면 그 여자가 어떤 사람인지 알 수 있다'고 생각했다. 그

것은 전통적인 베트남 어머니들이 가지고 있는 보편적인 사고방식이기도 했다.

그 기준에 따르면 띠의 어머니는 딸에게 아무것도 가르치지 않은 셈이다.

그렇다. 사실 띠의 어머니는 아이들에게 아무것도 가르치지 않았다. 아주머니는 띠를 낳다가 돌아가셨으니까. 어른들은 아주머니가 띠를 낳은 직후 심한 출혈로 목숨을 잃었다고 했다.

어머니를 잃은 띠에게 형편없는 요리법을 가르쳐 준 사람은 띠의 아버지였다.

여덟 살 때 내겐 아직 여동생이 없었고, 좋은 여자를 알아보는 방법에 관한 어머니의 주옥같은 이야기를 들을 기회도 없었다. 하지만 띠가 나를 위해 마지막으로 라면을 끓였던 그날 나는 결심했다. 우리 두 사람은 분명 어른이 되는 순간까지 함께 자라겠지만, 띠와는 절대로 결혼하지 않으리라고. 각자 엄마 아빠 역할을 맡아 소꿉놀이를 하는 것도 좋고 하이와 뚠이라는 아이들을 기르며 실컷 괴롭히는 것도 좋지만, 띠를 진짜 아내로 맞이하는 일은 결코 없을 거라고.

여덟 살 때, 내가 생각한 반려자의 조건은 아주 단순하고 기본적인 것이었다. 내게 라면을 끓여 줄 수 있는 사람이라면 그것만으로도 충분했으니까. 그러나 띠는 이 최소한의 조건조차 충족하지 못했다.

어쩌면 지금 여러분은 미소를 지으면서 이렇게 생각하고 있을지도 모른다.

'어휴, 너무 유치해!'

하지만 그건 결코 생각만큼 단순한 문제가 아니었다. 나는 어른이 된 후에도 요리가 결혼 생활에서 매우 중요한 요소 중 하나라고 생각했다. 물론 처음 사랑을 시작할 때는 요리 같은 집안일이 중요하게 느껴지지 않을 수도 있다. 지금껏 발표된 수많은 연애 소설들 가운데 여자가 요리를 잘한다는 이유로 사랑이 싹트거나, 음식을 너무 짜게 만든다는 이유만으로 헤어졌다는 이야기는 단 한 편도 없었다. 『로미오와 줄리엣』을 떠올려 보자. 사랑에 빠진 로미오는 줄리엣의 마음을 얻기 위해 두 집안 사이의 갈등마저도 무시해 버렸는데, 로미오가 줄리엣을 그토록 사랑하게 된 것은 분명 줄리엣이 맛있는 어묵 요리를 만들어 주었기 때문은 아니었다. 그런 연애 소설들이 틀린 것은 아니다. 그건 아름다운 연애에 관한 소설이지 결혼 생활에 대한 이야기가 아니니까. 로미오와 줄리엣의 사랑 이야기가 마지막까지 아름다울 수 있었던 것은 두 사람이 결혼하기 전에 죽어 버렸기 때문이라고 나는 믿는다. 줄리엣에겐 로미오를 위해 라면을 끓여 줄 기회가 없었으니까.

남자와 여자가 사랑에 푹 빠져 있을 때 요리나 음식 따위는 매우 사소한 일처럼 느껴지곤 한다. 심장이 위장보다 중요하듯, 사랑은 음식보다 더 아름답다고 믿는 것이다. 오늘날 사랑에 빠진 모든 남자들의 생각이 이와 별반 다르지 않을 것이다.

남자들의 그러한 믿음을 우리는 이해해 주어야 한다. 사랑에 빠진 남자들은 그 여자와 함께할 인생의 나머지 시간 동안 자신의 식단이 어떻게 바뀔지에 대해서는 미처 생각하지 못하니까.

요리는 사랑과는 별 상관이 없지만 결혼 생활과는 아

주 밀접한 문제다. 대부분의 남자들은 여자 친구를 구할 때 요리 실력을 따지지 않는다. 그러나 아마도 그리 멀지 않은 어느 날, 그들은 하루에 세 번씩 식탁 앞에 앉아 원치 않는 음식을 먹어야 하는 현실이 얼마나 쓰라리고 괴로운지를 뼈저리게 경험하게 될 것이다.

내가 더 이상 참을 수 없는 지경에 이를 때까지, 떠는 나를 위해 세 번이나 라면을 끓여 주었다. 그리고 그 끔찍한 경험 탓에 나는 영원히 라면을 싫어하게 되었다. 여러분이라면 어떻게 하겠는가? 남은 일생 동안 세 번, 혹은 삼십 번씩 뭔가를 억지로 참으며 사는 편이 낫다고 생각하는가?

어른들은 결혼 생활이 불륜이라든가 의견 충돌 같은 심각한 문제 때문만이 아니라 식탁에서 벌어지는 일들, 심지어 생선 소스 같은 사소한 문제로도 금이 갈 수 있다는 사실을 안다.

나는 마흔 살이 조금 못 되었을 때 그 사실을 처음 깨달았다. 다시 말해 나이를 아주 많이 먹은 후에야 고상한 정신적 조건들 못지않게 열등한 육체적 욕구에도 관심을 기울이게 되었다는 얘기다.

그러나 그로부터 얼마 뒤, 이 책을 쓰고 있던 시점에 나는 요리와 행복의 상관관계가 별로 특별할 건 없다는 사실을 새롭게 발견했다.

그 이유는 간단했다. 마음만 먹는다면 누구나 제대로 된 요리를 배울 수 있고 얼마든지 요리 실력을 쌓을 수 있기 때문이다.

너무 늦었지만 솔직히 나는 그 발견이 매우 만족스러웠다. 당시 내가 느낀 만족감은 떨어지는 사과를 보고 만유인력의 법칙을 발견한 뉴턴의 기쁨에도 뒤지지 않았을 것이다.

인생의 위대한 발견들은 항상 아주 단순한 것으로부터 나온다. 그러나 내가 발견한 것은 그 어떤 역사적인 발견들보다도 더 위대했다. 자신의 요리 실력이 형편없다고 걱정하는 여자들로 하여금 자신의 삶을 좀 더 즐길 수 있도록 도와주는 발견이었기 때문이다.

*

결과적으로 띠와 결혼하지 않겠다는 내 결심은 치명적인 실수였는지도 모른다. 내 예상과 달리 띠와 띠의 남편은 해마다 아기를 낳으며 지금까지 행복한 결혼 생활을 이어 오고 있으니까. 그러니 띠의 요리 실력이 여덟 살 때보다 훨씬 나아진 거라고, 어쩌면 그사이 세계 최고의 라면 요리사가 되었을지도 모른다고 결론을 내려야겠다. 하긴 누가 알겠는가?

띠와 결혼하지 않기로 한 내 결심은 돌이킬 수 없을 만큼 심각한 실수였는지도 모른다. 띠의 서툰 요리 실력이 정말로 나아진 거라면, 띠는 제아무리 깐깐한 남자라도 이상적인 아내라 할 만했기 때문이다.

띠는 부지런하고 열성적이었다. 그리고 무엇보다 띠를 특별하게 만드는 것은 띠가 말을 해야 할 때와 침묵해야 할 때를 구분할 줄 안다는 점이었다. 그것은 띠가 가진 가장 큰 장점이었다.

나는 그동안 말할 필요가 없을 때 말하고 말할 필요가 있을 때 침묵하는 사람들을 많이 보았다. 그들은 마치 스피커가 고장 나 버린 텔레비전 같았다.

그 사람들은 입을 다물어야 할 때마다 오히려 더 크게 소리치곤 했다. 때로는 그 소리가 너무 커서 태평양에 떠 있는 배에서도 들을 수 있을 정도였다. 그리고 그 순간 입을 다물어 버리는 건 오히려 상대방이었다.

나는 한때 구식 텔레비전을 가지고 있었다. 그건 내 장인이 될 뻔했던 사람으로부터 받은 선물이었다. 그 남자는 내가 자신의 딸과 헤어지겠다고 약속한 대가로 그것을 주었다. 그 텔레비전은 너무 낡아서 켜고 끌 때마다 주먹으로 내리쳐야 했다. 그래서 텔레비전을 보고 나면 항상 권투 시합이라도 치른 사람처럼 손이 빨갛게 달아오르곤 했다.

그러나 그 고물 텔레비전 같은 사람들과 달리 띠는 진실한 얼굴과 영혼, 정직함을 지니고 있었다. 특히 스피커가 고장 나는 일 따위는 상상조차 할 수 없었다. 설령 언젠가 띠의 스피커가 고장 난다 해도 그건 띠의 인생의 마지막 순간에나 벌어질 일일 것이다.

우리가 소꿉놀이를 즐기던 여덟 살 때 나는 띠에게서

이런 장점들을 발견했다.

하지만 안타깝게도 그 중요성은 미처 깨닫지 못했다. 그때 나는 물질적인 것에만 관심을 쏟느라 그보다 더 중요한 것들을 무시해 버렸다.

나를 눈멀게 한 것은 바로 라면이었다.

*

이제 니엔 삼촌과 린 누나에 대해 이야기할 차례다.

니엔 삼촌은 자신이 왜 린 누나를 사랑하는지, 왜 결혼하려 하는지 그 이유를 설명하지 못했다. 그럼에도 불구하고 삼촌은 린 누나에게 매일 사랑을 담은 문자 메시지를 보냈다.

삼촌은 조그만 휴대 전화를 사용했는데, 나는 그것을 가지고 놀기 위해 날마다 삼촌이 오기만을 기다렸다.

엄밀하게 말하면 나만 삼촌을 기다린 것은 아니다. 삼촌 역시 나를 보고 싶어 했다. 내가 자주 린 누나에 대해 물어보았기 때문이다.

내가 열 가지를 물어보면, 삼촌은 그중 다섯 가지 질문에 대해 만족스러운 대답을 해 주었다. 그러나 나머지 다섯 가지 질문에는 답을 하지 못한 채 그저 웃기만 했다. 그러나 그때 삼촌은 아주 행복해 보였다.

한번은 삼촌이 린 누나에게 보낸 문자 메시지를 읽게 되었다.

"오늘 저녁에 산책이나 할까? 나 너무너무 슬퍼!"

나는 그 메시지를 무척 흥미롭게 읽었다. 그런 다음 곧장 띠에게 달려갔다.

"너 혹시 휴대 전화 있어?"

띠가 "아니"라고 대답했다. 나는 다시 뚠의 집으로 달려갔다.

"너 휴대 전화 있어?"

"나한텐 없지만 우리 엄마는 갖고 있어."

나는 매우 기뻐하며 말했다.

"그럼 엄마한테 좀 빌려 봐. 내가 점심 먹은 후에 메시지 보낼게."

지금껏 어느 누구에게도 문자 메시지를 받아 본 적이

없었기 때문에 뚠은 내 제안에 매우 기뻐하는 듯했다.

그날 점심을 먹은 뒤 낮잠을 자기 전에, 나는 니엔 삼촌의 휴대 전화를 빌려서 뚠에게 문자 메시지를 보냈다.

그리고 뚠과 나는 둘이서 한동안 즐겁게 산책을 했다. 물론 멀리 가지는 않고 그저 동네의 몇몇 집들을 돌아 하이의 집 옆에 있는 연못 근처로 가서 메뚜기가 폴짝폴짝 뛰는 모습을 지켜보았다. 주위를 맴도는 모기 때문에 가끔 허벅지를 찰싹찰싹 때려야 했다. 하지만 어른들을 따라 뭔가를 한다는 건 정말 신 나는 일이었다. 그건 진짜 데이트였다.

며칠 뒤 나는 뚠에게 두 번째 메시지를 보냈다. 이번에도 니엔 삼촌이 린 누나에게 보낸 문자 메시지를 그대로 따라 썼다.

"오늘 저녁에 한잔 할래? 나 너무너무 슬퍼!"

그리고 그날 저녁, 우리는 하이 도트 간이식당에서 '한 그릇' 했다. 나는 어머니의 지갑에서 돈을 훔쳐 뚠에게 팥빙수를 사 주었다. 돈이 꽤 많이 들긴 했지만 후회하지는 않았다. 그런 것들이 인생을 즐겁게 만들어 주니까.

하지만 행복한 시간은 겨우 두 번으로 끝났다. 세 번째 메시지를 보냈을 때 그만 대형 사고가 터지고 말았다. 삼촌의 마지막 문자 메시지는 나를 궁지로 몰아넣었다. 그날 나는 여느 때처럼 즐거운 마음으로 뚠에게 문자 메시지를 보냈다.

"오늘 밤 같이 잘까? 나 너무너무 슬퍼!"

물론 여덟 살 먹은 어린아이가 그 문자 메시지의 진짜 의미를 제대로 이해했을 리 없다.

그날 저녁 나는 전과 다름없이 설레는 마음으로 대문 앞에서 뚠이 나오기를 기다렸다.

잠시 후 한 사람이 집에서 나왔다. 하지만 불행히도 뚠이 아니라 그 애의 어머니였다. 아주머니는 머리끝까지 화가 나서 나를 끌고 곧장 우리 집으로 갔다.

그리고 그날 저녁 나는 침대로 끌려가 엎드린 채 아버지에게 엉덩이를 두들겨 맞아야 했다.

아버지는 내게 누명을 씌웠다. 나는 억울했다. 벌써부터 여자랑 자고 싶어 하는 발칙한 꼬마 녀석이라니!

너무너무 슬펐다!

어른이 된다는 것

친애하는 독자 여러분. 사실 나는 줄곧 한 가지 비밀을 감추고 있었다. 어쩌면 여러분 가운데 몇몇은 이 책과 내 전작들 사이의 차이점을 벌써 눈치챘을지도 모르겠다.

나는 책이 완성되고 출판된 뒤에도 이 비밀을 끝까지 간직하려 했다. 하지만 여러분이 책을 읽는 동안 적지 않은 시간을 투자했고 인내심을 보여 주었기 때문에, 돈을 지불하고 오랜 시간 공들여 읽은 이 이야기에 대한 여러분의 알 권리를 지켜 주고 싶었다.

지금 나는 내가 쓰고 있는 이야기가 사실 소설이 아니라고 고백하고 있는 것이다.

이 글은 원래 유네스코 베트남 지부가 베트남 교육부와 협력해서 조직한 워크숍 '아이들의 세계'에서 발표할 연설문의 초안이었다. 행사에는 교육 연구자들과 심리 상담가들, 교육 전문 기자들, 아동 문학 작가들이 참석했다. 하지만 나는 이 글을 그 워크숍에서 발표하지 않았다. 좀 더 자세히 말하자면, 나는 원래 계획과는 달리 이 글을 워크숍에 보내지도 않았다. 그 이유는 나중에 다시 설명하겠다.

아니, 어쩌면 지금 당장 말하는 것도 나쁘지 않을 것 같다.

거기에는 몇 가지 이유가 있었다.

첫 번째 이유는 하이였다.

여덟 살 때 줄곧 그를 '하이'라고 불렀기 때문에 나도 모르게 그때처럼 부르고 말았지만, 사실 이제 하이도 나도 더 이상 어리지 않으니 정중하게 '하이 씨'라고 불러야 할 것 같다.

우리가 여전히 복종해야 할 구구단에 따르면 하이의 나이는 이제 8 곱하기 6, 그러니까 거의 쉰 살 가까이 된 셈이다.

비가 내리는 어느 날 오후, 하이가 불쑥 나를 찾아왔다. 그러나 그날 우리 두 사람의 만남은 어느 유행가 가사처럼 그렇게 낭만적이지는 않았다.

하이는 의자를 잡아 뺀 뒤 그 위에 털썩 주저앉아 내게 물었다.

"네가 우리들의 어린 시절에 대해 글을 쓰고 있다는 얘길 들었어. 사실이야?"

"응, 어떻게 알았어?"

나는 눈을 휘둥그렇게 떴다.

"어떻게 알았는지는 알 필요 없고, 사실인지 아닌지만 얘기해."

하이의 말을 듣고 있으니 마치 그가 판사처럼 느껴졌다. 하지만 하이는 법적인 문제와는 전혀 무관한 어느 기업의 이사였다.

"그게 말이야, 그게…… 그래."

나는 조용히 대답했다.

"정말 사실이야?"

하이는 상체를 앞으로 기울이며 마치 범행 현장에서 붙잡힌 범죄자를 심문하기라도 하듯 나를 윽박질렀다.

나는 입술을 핥았다.

"하이, 그건 그냥 연설문의 초안일 뿐이야."

하이가 내 말을 가로막았다.

"연설문이냐 아니냐는 내게 중요하지 않아. 난 네가 그 글에 대체 무슨 얘길 썼는지 알고 싶을 뿐이야."

하이는 마치 나와 싸우러 온 사람 같았다. 친구의 눈을 똑바로 쳐다보는 동안 나는 하이가 이미 자신의 이야기도 글 속에 담겨 있음을 알고 왔다는 걸 알아챘다.

"우리 어렸을 때 있었던 몇 가지 사소한 일화들이야."

나는 오랜 친구를 안심시키기 위해 '사소한'이라는 단어를 강조하며 부드러운 목소리로 말했다.

하이는 한동안 나를 찬찬히 살펴보더니 갑자기 손을 내밀었다.

"한번 보여 주겠어?"

처음에는 하이의 요구를 거절하려 했다. 하지만 그랬다가는 오히려 더 큰 오해를 살 것 같았다. 차라리 서랍을 열어 책상 위에 초안을 던져 주는 편이 나을 것 같았다.

"자, 읽어 봐! 심각한 내용은 아무것도 없으니까!"

나는 입맛을 다시며 이렇게 강조했다.

"그저 우리 어린 시절의 아름다운 추억들에 대한 이야기일 뿐이야."

그러나 하이는 나의 달콤한 말에 속지 않았다. 그는 신중한 얼굴로 페이지를 넘기며 단어 하나하나까지 꼼꼼히 검토했다. 하이의 태도는 읽는다기보다는 차라리 조사하는 것에 더 가까웠다.

그러다 어떤 대목에서 그는 용수철처럼 자리를 박차고 일어나더니 이렇게 소리쳤다.

"이런, 사고뭉치처럼 치고받고 싸우다니 절대 안 될 일이야! 그럼, 안 되고말고! 대기업의 이사가 이렇게 바보처럼 아이들을 가르치다니, 이건 절대 알려져선 안 돼!"

나는 걱정스러운 목소리로 물었다.

"안 된다니, 뭐가?"

하이는 주먹으로 책상을 탕탕 두드렸다.

"여길 좀 보라고. '공책을 이렇게나 깨끗하게 쓰다니! 선생님이 뭐라고 생각하시겠니?'라니! 대기업의 이사가 아이들에게 이런 식으로 말하지는 않을걸. 그리고 여기도 좀 봐!"

하이는 마치 파리를 눌러 죽이기라도 하려는 것처럼 손가락을 종이에 대고 꾹 눌렀다.

"'식사 시간에 식탁에 모이는 건 못 배운 사람들이나 하는 짓이야. 알겠니?'라니."

하이는 내가 쓴 글을 읽으며 팔을 공중으로 번쩍 치켜 들었다.

"이봐! 날 곤경에 빠뜨릴 셈이야, 무이?"

비록 내 이름 앞에 '꼬마'라는 말을 붙이지는 않았지만, 그는 내가 아직도 어린아이인 양 호통을 쳤다.

"이건 그냥 우리가 여덟 살 때의 이야기일 뿐이야."

나는 해명하려 했다.

"아무리 여덟 살 때라도 이 따위 이야기를 쓰는 건 절대 허락할 수 없어. 어릴 때의 일이라 해도 대기업의 이사가 그런 바보 같은 짓을 해선 안 되지. 그런 말썽꾸러기였다는 걸 알면 사업 파트너들이 나를 어떻게 생각하겠어?"

하이의 얼굴이 벌겋게 달아올랐다.

"이 글을 읽는다고 네가 말썽꾸러기로 보이지는 않을 것 같은데."

"그건 네 생각이고……."

"하이, 그 글에 꾸며 낸 이야기는 단 하나도 없어. 난 그저 네가 여덟 살 때 했던 말을 그대로 옮겨 적은 것뿐이야. 너도 알잖아. 그때……."

"그건 그때고, 난 지금 이야기를 하고 있는 거야. 사람들은 여덟 살 때 어리석은 짓을 수없이 저지른다고. 그런데 너는 지금 그걸 공개해서 우릴 조롱거리로 만들려 하고 있어. 대체 뭣 때문이야?"

나는 하이가 왜 이토록 공격적인 반응을 보이는 건지 이해할 수가 없었다. 그러나 더 이상 그를 설득할 수 없다는 건 분명했다. 어린 시절의 하이는 다정하고 순진한 아이였지만, 대기업의 이사가 된 하이 씨는 교활하고 보수적인 사람이었다.

꼬마 하이는 자신이 원하는 것만 했지만, 하이 씨는 남들이 원하는 것만 하려 했다. 어쩌면 그건 어린아이와 어른의 차이에서 비롯된 것인지도 모른다. 어차피 인생이란 하나같이 따분한 것이지만 어른들의 삶은 아이들의 삶보다도 백배는 더 따분하다는 것을 하이를 통해 알 수 있었다.

마침내 나는 한숨을 내쉬고 말했다.

"그래서 네가 원하는 게 뭐야?"

"이 시시껄렁한 내용들을 전부 지워 줘."

하이는 단호한 목소리로 쏘아붙였다.

"안 돼! 그러면 연설의 의미가 왜곡될 거야."

"그건 내가 알 바 아니고."

나를 막다른 곳으로 몰아넣으려는 듯 하이가 냉정하게 말했다.

나는 마음을 진정시키기 위해 물을 한 모금 마셨다.

"들어 봐. 이렇게 하지."

나는 들고 있던 물컵을 벽에 집어 던지고 싶은 충동을 억누르고 재빨리 책상 위에 내려놓았다.

"난 아무것도 지우지 않을 거야. 하지만 네가 원한다면 등장인물들의 이름을 바꾸도록 할게."

*

그다음 날에는 뚠이 찾아와서 하이가 앉았던 바로 그 의자에 똑같은 모습으로 앉았다.

굳이 설명하지 않아도 여러분은 내가 그 글을 워크숍에서 발표하지 않은 두 번째 이유를 짐작할 수 있을 것이다. 그건 바로 뚠 때문이었다.

뚠은 하이와 똑같은 질문을 내게 던졌다.

"네가 우리의 어린 시절에 대한 글을 쓰고 있다고 들었어. 사실이야?"

전날과 다른 것은 단 하나, 나의 태도뿐이었다. 나는 친구를 이해시키려 애쓰는 대신 기계적으로 고개를 끄덕이며 말했다.

"그래, 맞아. 그러니까 넌 지금 이런 말을 하려는 거지? 어린 시절의 바보 같은 이야기들을 떠벌려서 우리를 웃음거리로 만들려고 하지 마. 큰 학교의 교장 선생님인 내가 여덟 살 때 '오늘 밤 같이 잘까?' 같은 수준 낮은 문자 메시지를 받았다는 건 절대 밝힐 수 없어. 학생과 학부모 들이 그 글을 읽으면 나를 어떻게 생각하겠어? 정말 끔찍할 거야, 안 그래?"

뚠 역시 나처럼 기계적으로 고개를 끄덕이며 말했다.

"그래, 맞아!"

나는 변함없이 부드럽게 말했다.

"그래서 등장인물들의 이름을 바꾸기로 했어. 그런 저질 문자 메시지를 받은 소녀의 이름은 뚠이 아니라 홍한이나 안 다오나 뭐 그 비슷한 게 될 거야."

그날 뚠과 나 사이의 분위기는 그럭저럭 괜찮았다.

뚠은 하이처럼 초안을 읽어 보겠다고 억지를 부리지도 않았고, 판사처럼 훈계하듯이 말하지도 않았다. 만약 뚠이 진짜 판사였다고 해도 아마 내가 보여 준 태도에 만족했을 것이다. 피고가 솔직하게 자신의 실수를 인정하고 곧 시정하겠다고 약속했으니 말이다.

나는 꼬마 무이다

어린 시절의 뚠은 지금과 전혀 딴판이었다. 뚠은 나를 좋아하지는 않았지만 적어도 지금보다 훨씬 더 사랑스러운 아이였다.

문자 메시지 사건이 일어난 직후 나는 뚠을 불러내서 그 애에게 소리를 질렀다.

"왜 그 메시지를 엄마에게 보여 준 거야?"

"네가 뭘 하자는 건지 몰라서 그랬어."

"그럼 이젠 안다는 거야?"

"아니, 아직도 모르겠어."

"그럼 절대 알려고 하지 마."

내가 뚠에게 그렇게 말한 것은 그 문자 메시지의 뜻을 알게 되었기 때문이었다. 니엔 삼촌은 친절하게도 그 메시지의 의미를 내게 자세히 설명해 주었다. 삼촌은 배꼽이 빠질 정도로 웃음을 터뜨렸지만, 그 말을 듣는 동안 내 얼굴은 수치심과 공포로 점점 일그러져 갔다.

그렇게 실수를 저지른 후로 나는 또 하나의 즐거움을 잃고 말았다. 아버지가 휴대 전화 사용 금지령을 내린 것이다.

뚠에게 문자 메시지를 보내 산책을 가자거나 한잔 하자고 전할 수 없게 되었기 때문에 내 인생은 이전보다 한층 더 슬퍼졌다.

이전처럼 평범한 일상이 이어졌다. 나는 따분하고 조용하기만 한 삶 속에서 방황하고 있었다. 학교를 마친 후에는 곧장 집으로 돌아가서 마치 태양 주위를 뱅글뱅글 도는 지구처럼 침대에서 욕실로, 식탁에서 책상으로 정해진 순서를 따라 이곳저곳을 단조롭게 맴돌았다.

이따금 내가 지구였다면 어땠을까, 하는 생각을 했다.

내가 만약 지구였다면 나는 그렇게 조용히 체념한 채로 태양 주위만 맴도는 단조로운 삶을 살지는 않았을 것이다. 나는 무슨 수를 써서라도 도는 것을 멈추어 버리거나 반대 방향으로 돌기 위해 최선을 다했을 것이다.

하지만 불행히도 나는 지구가 아니었다. 나는 여덟 살 짜리 꼬마 무이였다.

꼬마 무이는 자신이 원하는 방향으로 지구를 돌아가게 할 수 없었다. 하지만 적어도 자신의 삶을 원하는 방식으로 돌아가게 만들 수는 있었다.

나는 더 이상 목이 마를 때 물을 물컵에 따르지 않았다. 그 대신 음료수 병에 따랐다. 우리 집 옷장 위에는 항상 고물 장수에게 팔릴 날을 기다리는 빈 음료수 병들이 가득했다. 나는 음료수 병에 물을 채워 마셨고 문득 그것이 무척 재미있다는 사실을 깨달았다.

어느 날 하이가 우리 집에 놀러 왔다가 음료수 병에 물을 따라 마시는 내 모습을 보았다. 그 애는 곧장 돌아서더니 한달음에 집으로 달려가 어머니에게 음료수를 사 달라고 졸랐다. 하이는 그때까지 한 번도 청량음료를 마셔 본 적이 없었다. 하이의 어머니는 청량음료가 화학 약품으로 가득한 독성 물질이나 마찬가지라서 정신이 나간 사람들만 마시는 거라고 하이를 나무랐다.

하지만 그때 하이가 왈칵 울음을 터뜨렸기 때문에 아주머니는 어쩔 수 없이 시장으로 하이를 데려가 음료수를 사 주었다.

다음 날 하이는 손에 음료수 병을 들고 우리 집에 다시 나타났다. 하이는 무척 행복해 보였다.

"이거 봐라! 어제부터 이 병에 물을 따라 마셨어."

나는 미소를 지으며 물었다.

"마셔 보니 어때?"

"음, 똑같은 물인데도 컵에 따라 마시는 것보다 훨씬 더 달콤한 것 같아. 정말 이상해!"

나는 하이에게 이상한 것들을 더 많이 가르쳐 주었다. 나는 음식을 먹을 때도 그 이상한 방식을 써먹었다. 식사 시간에 밥과 반찬을 전처럼 밥그릇에 담지 않고 양푼에 쏟아부은 뒤 마구 뒤섞었다. 그리고 내 행동에 놀란 부모님을 뒤로한 채 양푼을 현관 밖 베란다로 가지고 나갔다.

베란다에 앉아 눈앞을 스쳐가는 자동차들을 바라보며 밥을 먹고 있으니 인생이 참 아름답게 느껴졌다.

비록 양푼에 음식을 담아 먹는 내 모습은 구유에서 먹이를 먹는 돼지 같았겠지만, 하이는 그런 모습에도 호기심을 보였다.

"굉장해! 이게 네 새로운 스타일이야?"

"그래. 이게 내가 찾아낸 새로운 스타일이야! 어때, 재미있지?"

다음 날, 하이는 잔뜩 들뜬 모습으로 나를 찾아와 열심히 자랑했다.

"방금 양푼으로 밥을 먹었어."

하이는 흥분해서 내게 대답할 틈도 주지 않고 말을 이었다.

"양푼에 담아 먹은 음식은 정말 맛있었어. 그릇에 담아 먹는 음식보다 훨씬 더. 정말 이상한 일이야! 그렇지?"

하이는 다시 한 번 말했다.

"정말 이상해!"

하긴 그건 내가 생각해도 참 이상한 일이었다.

어른이 된 지금은 기분에 따라 음식의 맛이 얼마든지 달라질 수 있다는 것을 잘 안다. 상황이 바뀌면 기분도 바뀐다. 조용한 강가나 풀밭 위에서 사랑을 고백하면 사람으로 북적이는 광장이나 시장에서 사랑을 고백하는 것보다 성공할 확률이 훨씬 높아진다.

결혼한 사람들은 종종 처음 사랑에 빠졌을 때 느꼈던 풋풋한 감정들을 떠올리기 위해 익숙한 집을 떠나 멀리 낯선 곳으로 여행을 떠나고는 한다.

여기에는 다 그럴 만한 이유가 있다. 일단 자신의 감정을 새롭게 만들기 위해서는 새로운 장소가 필요하다. 그래서 어른들은 기회가 있을 때마다 환경에 변화를 주는 것이다. 심지어 어떤 경우에는 아내나 남편을 바꾸는 것과 같은 극단적인 방법을 동원하기도 한다.

한마디로 어른들은 비록 그것이 어리석은 일일지라도 대체로 마음이 내키는 대로 행동할 수 있다. 그러면서도 아이들이 원하는 것은 자신들의 기준에 따라 하지 못하게 가로막고는 한다. 또 어른들은 종종 매우 불합리한 판단을 하기도 한다.

하이와 나는 먹고 마시는 습관을 바꾸었지만 그것은 세계 평화에 아무런 악영향도 미치지 않았다. 우리가 컵에 물을 따라 마시기를 거부한다고 해서 어느 나라 대통령이나 총리가 암살되지도 않았고, 밥그릇 대신 양푼을 이용한다고 해서 이스라엘과 팔레스타인 사람들이 서로에게 총을 겨누는 현실이 나아지거나 반대로 더 나빠지는 일도 없었다.

그런데도 부모님들은 아이들이 이상한 습관에 빠져들면 그것을 아주 심각한 사태로 받아들였다. 그 습관이 비록 전쟁이나 세계 평화와는 아무런 상관이 없을지라도 아이의 정신 상태와는 밀접한 관계가 있을 수도 있다고 생각하는 것 같았다.

"너 미쳤니?"

어머니는 내가 정신병자들이 입는 구속복이라도 입은 것처럼 나를 이상하게 쳐다보았다.

어머니의 걱정스러운 얼굴을 보며 나는 그 기분이 어떤 것인지 이해할 수 있었다. 하지만 내가 어머니를 이해하는 것만큼 어머니도 나를 이해해 주지 않는다는 것이 불만스러웠다.

"아니요, 엄마."

나는 슬픈 목소리로 대답했다.

"그런데 도대체 왜 이런 짓을 하는 거니? 물은 물컵에 담아서 마셔야 해. 대체 왜 음료수 병으로 물을 마시는 거니?"

그 이유는 아주 간단했다. 모든 사람들이 물컵으로 물을 마시기 때문에 나는 반대로 음료수 병에 물을 담아 마시고 싶었다. 사람들이 하는 행동을 그대로 따르고 싶지 않았던 것이다. 하지만 그 생각을 어머니에게 털어놓지는 않았다. 사실대로 말하면 어머니가 더 놀랄까 봐 두려웠기 때문이다.

만약 어머니가 지금도 건강하다면, 그래서 그 이야기를 기억해 내고 내게 다시 물어본다면, 나는 세상 모든 아이들이 여전히 병으로 물을 마시는 것을 좋아한다고 대답할 것이다. 또 그렇게 행동한다고 해서 그 아이가 미친 건 아니라는 사실도 알려 주고 싶다.

아버지는 큰 소리로 나를 훈계했다.

"유리컵은 물을 마실 때 쓰는 거고, 병은 물을 담아서 보관할 때 쓰는 거고, 밥그릇은 밥을 담아 먹을 때 쓰는 거고, 양푼은 야채나 고기나 생선을 담을 때 쓰는 거야. 넌 아무것도 모르는 게냐, 이 말썽쟁이 녀석아?"

아버지가 말한 '말썽쟁이 녀석'이란 바로 나 꼬마 무이를 가리키는 말이었다. 아버지는 화가 아주 많이 났을 때 나를 '말썽쟁이 녀석'이라고 부르곤 했다.

"알아요."

"그래? 그럼 왜 그런 이상한 짓을 하는 거냐?"

하지만 어머니의 질문에 아무런 대답도 할 수 없었던 것처럼, 아버지에게도 내 행동에 대해 설명할 수 없었다.

시간이 흘러 아버지가 된 후에야 나는 이 세상 모든 아이들이 나름의 '이상한 짓'을 한다는 걸 알게 되었다.

어떤 아이들은 다른 사람들처럼 정상적으로 걷기를 거부한다. 그런 아이들은 길에서 점프하거나 폴짝폴짝 뛰어다니는 것을 더 좋아한다. 심지어 안전하게 땅 위를 걷는 것보다 담장 위에 서서 발끝으로 아슬아슬하게 걷

90

는 것을 더 좋아하는 아이들도 있다.

어떤 아이들은 모자를 앞으로 쓰기보다 뒤로 쓰기를 더 좋아한다.

또 어떤 아이들은 펜으로 종이에 글씨를 쓰는 것보다 펜을 칼처럼 이용해 결투를 하거나, 종이를 찢어 배를 만드는 것을 더 좋아한다.

시간만 충분히 주어진다면 어린 시절의 나처럼 음료수 병으로 물을 마시고 양푼으로 밥 먹기를 좋아하는 아이들 역시 얼마든지 찾을 수 있을 것이다.

그건 미친 짓이 아니라 창의적인 행동이다. 모든 아이들은 삶을 조금이나마 덜 지루하게 만들기 위해 그런 행동들을 한다. 정말 기발한 아이디어가 아닌가?

어른들은 어린아이들이 즐거워하는 일을 어리석고 특이하고 이상한 것으로만 여긴다. 그리고 심각한 얼굴로 이렇게 말하곤 한다.

"얘야, 잘 들어 봐라. 사람들은 쫓거나 쫓길 때에만 뛰어야 하는 거란다. 그리고 웅덩이나 흙더미 같은 장애물을 건널 때만 점프해야 하는 거야. 그런 특별한 경우가 아니라면 정상적인 사람들은 항상 편안하게 땅 위를 걷는단다. 착한 아이는 개구리처럼 폴짝폴짝 뛰거나 담장 위에 서서 위험하게 발끝으로 걷지 않아!"

어른들은 계속해서 아이들을 가르치고 훈계하려 한다.

"모자는 직사광선으로부터 얼굴을 보호하기 위해 만든 거야. 멍청한 사람들만 모자를 그렇게 뒤로 눌러 쓰지!"

그래도 아이가 말을 듣지 않으면 어른들은 기어이 화를 내고 아이를 다그친다.

"공책과 펜을 고작 장난감 따위로 쓰라고 사 준 줄 알아, 이 말썽쟁이 녀석아?"

어른들이 가르쳐 준 교훈들은 이론적으로 모두 옳다. 아이들도 그것을 잘 안다. 그럼에도 불구하고 남들과 다르게 행동하는 것에는 거부할 수 없는 매력이 있다.

아이들은 어른들과 다른 세계에 산다. 아이들의 세계에서는 빛도 삶에 대한 접근법도 달라진다. 아이들은 쓰임새를 기준으로 사물을 바라보지 않는다. 그것이 아이와 어른의 근본적인 차이다.

어른들은 세상 모든 것들의 의미와 가치를 모두 '기능'이라는 단어로 묘사한다. 어른들을 위한 사전을 찾아보면, 모든 것을 하나같이 기능과 용도로 정의하고 있음을 알 수 있다. 옷은 사람들의 몸을 가리거나 따뜻하게 해 주는 물건이다. 의자는 편안하게 앉기 위해 만든 물건이다. 이는 뭔가를 씹기 위한 도구다. 혀는 맛을 보기 위한 도구다. 기타 등등.

그래서 아버지가 컵은 물을 마실 때 쓰는 것이고, 병은 물을 담을 때 쓰는 것이라고 주장했을 때 나는 불평할 수가 없었다. 다른 아이들의 부모님도 우리 아버지처럼 모자는 햇볕을 가리기 위해, 펜과 공책은 글씨를 쓰기 위해서만 사용해야 한다고 생각할 것이다.

하지만 아이들은 상상력이라는 귀한 보물을 가지고 있기 때문에 기능 따위에는 별 관심을 갖지 않는다.

어른들에게 베개는 머리를 편안하게 받쳐 주는 물건이지만, 띠처럼 불쌍한 소녀에게는 날마다 가지고 노는 사랑스러운 인형이었다.

나와 하이에게 셔츠는 우리 몸을 가리고 보호하기 위해 필요한 물건일 뿐 아니라, 상대방을 쉽게 붙잡아서 땅바닥에 내동댕이칠 수 있도록 도와주는 도구이기도 했다. 단지 몸을 가리기 위해서만 셔츠를 이용해야 한다면 끔찍할 정도로 따분할 것이다. 또 그 주장에 따른다면 아이들은 날씨가 춥지 않은 날엔 셔츠를 입을 필요도 없을 것이다.

　하이의 어머니에게 빗자루는 분명 바닥을 쓸기 위한 물건이었다. 그러나 만약 내가 빗자루 앞에 서 있는 하이를 본다면, 난 그 애가 그걸로 무슨 놀이를 할까 궁리하고 있는 거라고 생각할 것이다. 예를 들어 이웃집 유리창에 빗자루를 던지고 어떤 일이 일어나는지 살펴보거나, 동화 속 마녀처럼 하늘을 날 수 있는지 확인해 보기 위해 빗자루를 타고 주문을 외울 수도 있을 것이다. 동화는 아이들을 위해 어른들이 쓰는 것이지만, 정작 어른들은 동화의 목적이 어른이 될 때까지 아이들을 상상의 세계에 살 수 있도록 도와주기 위해서라는 것을 종종 망각하고는 한다.

나는 이 글을 쓰면서 이상한 짓을 좋아하는 아이들은 유치한 방법으로나마 자신의 생각을 남들에게 보여 주고 싶어 한다는 것을 이해하기 시작했다. 모자를 뒤로 쓰는 아이들은 자신이 세상 사람들과 다르다는 것을 증명하고 싶은 것이다. 사실 그 아이들은 보통 사람들과 별로 다를 것이 없다. 이 세상에는 모자를 똑같이 특이한 방식으로 쓰는 아이들이 수도 없이 많기 때문이다. 그러나 적어도 그 아이들은 바로 옆에서 걷고 있는 친구들과는 다르다.

물론 모든 아이들이 남들과 다르게 보이고 싶어 하는 것은 아니다. 친구들과 비슷한 것을 좋아하는 아이들도 있다.

어른들은 항상 이런 아이들을 칭찬하고 찬양한다. 어른들은 다른 사람들과 똑같이 행동하는 아이들을 강력히 지지한다. 다른 사람들과 똑같이 행동한다는 것은 문제를 일으키거나 반항해서 어른들에게 골칫거리를 안겨 주지 않는다는 것을 뜻한다. 그것은 질서와 안보와 안전을 의미한다. 집단의 모든 구성원들이 하나같이 똑같다면, 그래서 서로를 구별하기 힘들 정도라면, 그들이 사는 세상은 완벽하게 안전해질 것이다. 모든 사람들이 머릿속에 똑같은 생각을 품고 있다면 세상은 더더욱 안전해질 것이다.

어른들에게 있어 다르게 생각하고 다르게 말하고 다르게 행동하는 것은, 설사 그것이 옳은 것이라고 해도 여전히 위험한 일이다. 때로는 화형을 당할 만큼 위험하기도 하다. 조르다노 브루노(르네상스 시대의 철학자. 가톨릭 교회를 비판하다가 종교 재판에 회부되어 화형에 처해졌다 — 옮긴이)는 그 사실을 증명해 보인 대표적인 사람이다. 모든 사람들이 태양이 지구의 주위를 돈다고 믿고 있을 때 브루노는 유일하게 지구가 태양의 주위를 돈다고 주장했던 사람이다. 그는 대다수의 사람들이 믿고 있던 일반적인 신념을 지키기 위해 이 세상에서 죽어 없어져야 했다. 아마도 그럴 수밖에 없었으리라.

여덟 살 때 우리 네 사람 중 어느 누구도 브루노와 같은 비극적인 상황에 처하지 않은 것은 정말 다행한 일이었다. 하이와 나는 화형에 처해지지 않았다. 우리는 그저 부모님의 심기를 불편하게 만들었을 뿐이다.

그러나 우리는 결국 컵과 병이, 밥그릇과 양푼이 서로 다른 쓰임새를 가졌다는 것을 인정해야 했다. 또 정해진 규칙에 순응해야 했고, 착한 아이답게 어른들이 정해 놓은 쓰임새에 따라 물건을 이용해야 했다.

아, 맙소사!

언제까지 착한 아이로 살 수 있을까

그렇다면 어른들은 도대체 아이들에게 무엇을 기대하는 것일까?

아니, 우리 부모님은 내게 무엇을 기대했던 것일까?

변화를 이끌어 내기 위한 몇 번의 도전에서 참패한 뒤, 나는 더 이상 내가 어떤 노력을 해야 하는 건지 의심스러워졌다.

부모님을 기쁘게 하는 건 사실 그리 어려운 일이 아니었다. 진짜 문제는 애당초 내게 부모님을 기쁘게 할 마음이 있느냐 없느냐 하는 것이었다.

부모님은 내가 매일 저녁 여덟 시까지 교과서를 외우기를 원했다.

나는 그날 오후 아버지가 코를 골며 여전히 깊은 잠에 빠져 있을 때 자리에서 일어났다. 그리고 어머니가 잔소리를 시작하기도 전에 책상 앞에 앉아 곧바로 공부를 하기 시작했다.

'마을에서는 대부분의 사람들이 생계를 위해 작물을 재배하거나, 동물을 사육하거나, 고기를 잡거나, 수공업에 종사한다. 집 주변에는 보통 밭과 동물 우리와 두세 명이 지나갈 만한 좁은 길이 있다. 사람들은 주로 읍내의 사무실과 상점, 공장에서 일한다. 집들은 서로 가까운 곳에 모여 있고, 거리는 사람과 차 들로 가득하다.'

이 문장들은 그다지 특별할 게 없었다. 그동안 내가 보고 들었던 것들과 다를 바가 없었다.

하지만 웬일인지 이 단순한 문장들은 귀로 들어가기가 무섭게 다른 한쪽 귀로 흘러나왔다. 그리고 머릿속에는 아무것도 남지 않았다.

나는 집중력이 좋지 않았다. 공부를 하려고 의자에 앉

을 때마다 항상 다른 뭔가를 생각하기 바빴고 공부가 아닌 온갖 잡다한 것들을 떠올렸다.

알파벳을 외우던 기억이 떠오른다. 그건 정말 끔찍한 일이었다!

선생님이 말했다.

"O(오)는 달걀처럼 둥글어. Ô(오)는 모자를 쓴 O이고, Ó(어)는 수염이 달린 O란다."

그 말을 들을 때마다 나는 알파벳을 구분할 방법을 찾는 대신 니엔 삼촌의 모자를 떠올렸다. 끝이 뾰족한 짙은 파란색 모직 모자였다. 요즘은 그런 모자를 쓰는 사람도 만드는 사람도 없지만, 그 당시 니엔 삼촌의 모자는 나같은 코흘리개 아이들에겐 굉장한 물건이었다.

나는 니엔 삼촌의 모자를 써 보는 걸 아주 좋아했다. 잠깐 쓰고 있는 것만으로도 기분이 매우 좋아졌다. 물론 니엔 삼촌은 내가 자신의 모자를 쓰는 것을 별로 대수롭지 않게 여겼다. 나는 삼촌이 지켜보고 있는 동안만 모자를 썼으므로 모자에 흠집을 낼 기회가 없었기 때문이다.

나는 가끔 띠의 할아버지도 생각했다. 할아버지의 수

염이 떠올랐다. 할아버지의 수염은 Ó(어)와 달리 길고
덥수룩했다. 할아버지는 쌀국수를 먹을 때마다 국물에
수염이 빠질세라 한 손으로 붙들곤 했다.

나는 머릿속으로 많은 것들을 떠올렸고 동시에 그것
들을 서로 비교하고 있었다. 그래서 선생님이 Ó(어)를
가리키며 어떻게 발음하는지 물었을 때, 그저 말을 더듬
을 수밖에 없었다.

"그게, 저…… 이건…… 그 글자인데……."

선생님이 물어본 글자가 Ô 또는 Ó라는 걸 알았지만,
둘 중 어느 것인지는 확실히 기억나지 않았다. 머릿속에
서 니엔 삼촌과 띠의 할아버지가 계속 맴돌았지만, 두 사
람 가운데 누가 어떤 글자와 관련이 있는지는 기억해 낼
수 없었다.

당황하는 내 모습을 본 선생님은 안쓰러워하며 그 문
장을 반복해서 읽었다.

"O(오)는 달걀처럼 둥글단다. Ô(오)는 모자를 쓴 O지.
그렇다면 수염 달린 O는 뭘까?"

나는 뛸 듯이 기뻐하며 대답했다.

"아! 그럼 그건 Ó(어)예요."

글을 배울 때 가장 먼저 해야 할 일은 문자의 얼굴에 익숙해지는 것이다. 그런 다음에는 문자의 얼굴을 기억해야 한다. 누군가와 친구가 되었을 때 그 친구의 얼굴을 기억해야 하는 것과 마찬가지다. 스물여섯 개의 알파벳은 모든 아이들이 알아야 할 스물여섯 개의 얼굴이다.

우리는 알파벳이 우리와 평생 함께해야 할 얼굴과 마찬가지라는 사실을 미처 깨닫기도 전에 그것들을 억지로 익혀야 했다. 사실 무리한 요구 사항은 아니었다. 하지만 나처럼 집중력이 부족한 아이에게는 알파벳이라는 새로운 친구들을 기억하고 그 얼굴과 이름을 맞추는 일이 너무나 어렵게 느껴졌다.

여느 때와 마찬가지로 나는 잠시 글자를 노려보았다. 그러다 보면 그것들은 어느새 문자가 아니라 갑자기 나타나 머릿속을 채우는 수많은 이미지가 되었다.

몇 년 뒤, 나는 우연히 아르튀르 랭보의 「모음들」이라는 시를 접하고, 랭보가 상상력에 감금되었다는 사실을 알게 되었다.

검은 A, 흰 E, 붉은 I, 푸른 U, 파란 O: 모음들이여

랭보는 각각의 모음들이 간직하고 있는 색깔만을 노
래한 것이 아니었다. 그는 문자 A에서 나비의 검고 눈부
신 벨벳 재킷을 보았고, 문자 E에서는 순백의 증기와 천
막을 보았으며, 문자 U에서는 가축들이 노니는 평온한
목장의 푸르름을 발견했다.

더 놀라운 것은 랭보가 문자들의 소리를 들을 수 있
었다는 사실이다. 문자 O에서는 가슴을 묘하게 꿰뚫고
지나가는 숭고한 나팔 소리를, 문자 I에서는 뾰로통하게
화가 난 듯한 미소, 아름다운 입술, 혹은 참회의 황홀함
을⋯⋯.

당시 나는 랭보에 대해 잘 알지 못했다. 하지만「모음
들」을 읽는 순간 랭보는 내게 어느 누구보다도 친숙하고
위대한 시인이 되었다.

나는 랭보가「모음들」을 짓는 동안 틀림없이 어린아
이와 같은 방식으로 생각했을 것이라 확신했다. 어린아

이들이 그러하듯 랭보 역시 온갖 생각들을 머릿속에 떠올렸을 것이다. 그리고 랭보 역시 어린 시절에 나처럼 못말리는 개구쟁이에다 성적도 나쁜 아이였을 거라고 짐작해 보곤 했다.

이런, 또 너무 앞서 나간 것 같다.

나는 단지 여덟 살 때 온갖 잡다한 것들을 떠올리고 고민하느라 종종 집중력을 잃어버리곤 했다는 말을 하고 싶었을 뿐이다.

또 어떤 아이라도 마음만 먹으면 부모님을 기쁘게 만들 수 있다는 사실을 증명해 보이기 위해, 어느 날 갑자기 공부에 집중하기로 결심했다는 사실도 알리고 싶었다.

그 순간부터 나는 미친 듯 공부에 매달리기 시작했다. 먹지도 놀지도 않고 오로지 학업에만 매진했다. 하이와 뚠이 놀자고 유혹해도 아랑곳하지 않았다. 마치 내일 당장 죽을 사람처럼 필사적으로 교과서를 외웠고, 라면을 삼키듯 단어들을 집어삼켰다.

나는 큰 소리로 교과서를 읽고 또 읽었다. 그리고 저

녁 식사 시간이 되기도 전에 몽땅 다 외워 버렸다. 마치 한 무더기의 책을 통째로 삼킨 것 같은 기분이었다.

내가 조금의 막힘도 없이 교과서를 읽자, 그 소리를 들은 아버지는 믿을 수 없다는 듯 몇 차례 눈을 비빈 뒤 나를 칭찬해 주었다. 만약 우리 아버지가 자제심이 강한 사람이 아니었다면 아마 기쁨을 주체하지 못해 나를 끌어안고 공중으로 번쩍 들어 올렸을 것이다.

"이럴 수가!"

아버지는 감격한 듯 코를 훌쩍이며 말했다. 눈에는 눈물이 고인 것 같았다.

반면 어머니는 평소와 너무 다른 내 모습에 덜컥 겁이 난 듯했다.

"우리 아들, 정말 괜찮은 거니?"

어머니는 내 이마에 손을 가져다 대고는 걱정스러운 목소리로 이렇게 말했다.

"어쩌면 병원에 가 봐야 할지도 모르겠구나!"

*

공부에 집중하는 내 모습을 보고 부모님은 기쁨을 이기지 못해 일주일 내내 눈물을 글썽였다. 나흘 째 되던 날, 나는 아버지의 셔츠 주머니에 손수건이 꽂혀 있는 것을 발견했다. 어머니는 내가 멀쩡하다는 것을 확인한 뒤로 비교적 차분해졌지만, 여전히 하루에 열두 번은 더 내 이마를 만져 보곤 했다.

우리 어머니처럼 선생님 역시 나를 걱정하면서 내 이마에 손을 대 보았다. 어쩌면 여자들이란 하나같이 생각하는 게 비슷한지 모르겠다.

선생님은 조용히 내 이마를 만져 보더니 미간을 찌푸리며 물었다. 그 순간 선생님은 마치 의사처럼 보였다.

"최근에 넘어진 적 있니?"

"네, 있어요."

나는 며칠 전 하이와 씨름을 했던 것을 떠올리고 솔직하게 대답했다.

"정말이니?"

선생님은 깜짝 놀라며 다시 물었다.

"어쩌면 그때 네 머리가 땅에 부딪쳤을 수도 있겠구나?"

"네, 맞아요."

나는 별 뜻 없이 대답했다. 아마 머리를 부딪치지 않았다면 넘어진 적이 있냐는 선생님의 질문에 그렇다고 대답하지도 않았을 것이다. 내게 그 정도는 넘어져 다친 축에도 끼지 못할 테니까.

하지만 내 대답에 선생님의 얼굴은 하얗게 질렸다. 그러더니 마치 석유 시추를 위해 근해를 탐사하고 굴착하는 사람처럼, 손가락으로 내 머리에 구멍이라도 뚫으려는 듯 힘주어 눌렀다. 그러고는 이렇게 말했다.

"그래, 괜찮은 것 같아."

"뭐가요, 선생님?"

"머리를 세게 부딪쳤다면 아마 신경에 손상을 입었을 거야."

선생님은 내 머리와 목을 자세히 들여다보았다.

"앞으로 넘어진 거니, 아니면 뒤로 넘어진 거니?"

"무슨 말씀인지 모르겠어요."

"그러니까 네가 앞으로 넘어져서 얼굴을 부딪친 건지, 아니면 뒤로 넘어져서 뒤통수를 부딪친 건지 묻고 있는 거야."

선생님은 걱정스러운 표정을 지으며 마치 내 입에서 뭔가가 튀어나오길 기다려 잡으려는 사람처럼 내 입술만 유심히 쳐다보았다. 나는 선생님이 진짜로 알고 싶은 것이 그 질문에 대한 답이라는 것을 깨닫고 기억해 내려 애쓰면서 우물쭈물 대답했다.

"앞으로 넘어졌어요."

나는 그냥 그렇게 말해 버렸다. 하지만 사실 하이와 씨름을 하는 동안 나는 열 번도 넘게 넘어져 부딪쳤다. 세 번은 앞으로, 세 번은 뒤로, 그리고 나머지는 내 몸의 다른 부분들로.

하지만 내가 아무렇게나 한 대답에 선생님의 얼굴에서 긴장이 사라졌다. 선생님은 안도의 한숨을 내쉬며 내 이마에서 손을 거두었다.

"정말 다행이구나. 앞으로 넘어진 거라면 아무 문제없을 거야. 신경의 중심은 머리 뒤쪽에 있거든."

하지만 나를 신기한 눈으로 바라보는 사람은 부모님이나 선생님만이 아니었다. 이제는 같은 반 친구들조차 마치 내가 귀가 여덟 개 달리고 코가 두 개쯤 달린 괴물인 양 이상하게 쳐다보았다.

나는 매일같이 최고 점수를 받는 데만 집중했고, 매일같이 친구들로부터 찬양 세례를 받았다. 난생 처음으로 학교생활을 충실히 하는 게 그리 따분한 것만은 아니라고 느꼈다. 나는 그 상황을 즐기고 있었다. 친구들의 감탄과 함께 쭝의 우아한 웃음소리를 듣는 것이 좋았다.

쭝은 예쁜 아이가 아니었다. 그 애는 단지 고상한 척, 우아한 척하는 평범한 여자아이일 뿐이었다. 하지만 쭝의 웃음소리를 들을 때마다 나는 그 애에게 강한 호기심을 느꼈다. 쭝의 웃음소리는 마치 음악 같아서 듣는 즉시 알아차릴 수 있었다. 나는 그 애의 웃음소리를 아주 오랫동안 사랑했다. 쭝이 까르르 웃을 때면 그 애의 얼굴을 힐끔힐끔 보지 않을 수가 없었다.

사실 내가 진짜 사랑한 사람은 뚠이었다. 뚠의 웃음소리는 쭝만큼 사랑스럽지 않았지만, 대신 그 애는 두 뺨에 보조개를 가지고 있었기 때문에 쭝보다 훨씬 더 예뻤다. 뺨에 보조개를 가진 여자애들은 대체로 귀여워 보인다.

내가 뚠에 대해 품고 있던 유일한 불만은 그 애가 하이와 즐겨 어울린다는 점이었다. 나는 니엔 삼촌의 휴대 전화 덕분에 뚠과 두 차례 데이트를 할 수 있었지만, 문자 메시지 사건 때문에 아버지에게 휴대 전화 사용을 금지당하고 말았다. 그 후로 뚠은 마치 태양 주위를 도는 지구처럼 오직 하이의 주변만을 맴돌았다. 그것이 나를 화나게 했다.

마음이 상한 나는 뚠에게 더 이상 관심을 두지 않기로 했다. 나는 쭝에게 산책하자거나 한잔 하지 않겠냐고 말하고 뚠의 앞에서 보란 듯이 그 애와 데이트를 하려 했다. 그러나 홧김에 그렇게 말하고도 막상 쭝을 만나면 그런 생각이 싹 가셨다. 쭝의 웃음소리는 사랑스러웠지만 그 애와 데이트를 하고 싶지는 않았다. 그 이유는 나도 알 수 없었다.

물론 지금은 그 이유를 알고 있다. 몇 번의 연애를 경험한 끝에 나는 드디어 깨달았다. 여덟 살 꼬마 무이에게 문제는 쫑이 뚠을 대신할 수 있느냐 없느냐가 아니었다. 실연을 당한 후 영혼의 상처가 완전히 치유될 때까지는 새로운 사랑을 시작할 수가 없었을 뿐이다. 전쟁의 폐허 속에서 다시 새로운 전쟁을 시작할 수 없는 것과 마찬가지다.

여덟 살 때, 내게 사랑은 아주 이상한 것이었다. 진지한 사랑이 아니었음에도 불구하고, 한 소년과 소녀 사이에 싹튼 애정은 어른들이 말하는 사랑의 법칙과 놀랄 만큼 닮아 있었다.

*

어찌 보면 사소한 그 문제로 인해, 내 삶에는 또다시 암울한 먹구름이 드리웠다. 사랑을 다시 시작할 의욕도 생기지 않았다.

처음에는 쫑의 웃음소리를 들으면 뚠을 약 올리기 위해 쫑에게 산책 가자고 청할 마음이 다시 생길 거라고 기대했다. 하지만 내 마음은 예상대로 움직여 주지 않왔다.

게다가 좋은 성적을 받기 위해 노력하는 것도 새로운 즐거움을 가져다주지는 못했다. 그것은 내게 더 이상 도전이 아니었다.

좋은 성적을 받는 것조차 따분해지기 시작했다.

매일같이 공부해서 쉽사리 완벽한 점수를 받는다면 내 인생은 또 다른 단조로움에 빠지게 될 것이 분명했다. 그건 날마다 형편없는 점수를 받는 것과 마찬가지로 따분한 일이었다.

나는 의욕을 잃고 공부에 관심을 끊었다. 그리고 다시 한 번 아버지를 눈물짓게 만들었다. 하지만 지난번과는 달리 실망의 눈물이었다.

어머니는 또다시 나를 걱정하기 시작했다.

"괜찮니, 아들아?"

선생님은 다시 한 번 내 머리를 사방으로 돌려 보더니 의심스러운 듯 말했다.

"너는 신경의 중심이 앞쪽에 있는 걸까?"

그러나 하이와 띠와 뚠만은 내 학교생활이 다시 망가

112

지는 것을 진심으로 기뻐했다. 세 친구들에게는 내가 모든 영광의 순간을 뒤로하고 암울한 과거로 돌아가겠다고 결심한 사실이 고위급 정부 관리가 모든 부와 명예를 뒤로하고 평범한 인생을 살기 위해 사임했다는 뉴스보다도 대단한 것이었다.

아이들이 생각하는 영웅의 개념이 어른들의 생각과 항상 일치하는 것은 아니니까 말이다.

우리는 어떻게 망나니가 되었나

이미 말한 대로, 지금 여러분이 읽고 있는 연설문의 초안을 워크숍에서 발표하지 않게 된 데에는 몇 가지 이유가 있었다. 처음의 계획과 달리, 나는 이 초안을 워크숍에 보내지도 않았다.

첫 번째 이유는 하이였다.

두 번째 이유는 뚠이었다.

세 번째 이유는 물론 띠와 관련이 있다.

그 '세 번째 이유'는 어느 아름다운 일요일 아침 나를 찾아왔다. 그리고 그건 나로 하여금 이 원고를 유네스코가 주관하는 워크숍 대신 출판사로 보내게 만든 결정적인 계기이자 가장 중요한 이유였다.

띠는 정말 이상한 사람이었다. 세월이 흐르는 동안 아이를 다섯이나 낳은 어머니가 되었지만, 썩은 이는 여덟 살 때 그대로였다.

"왜 의치를 하지 않았니?"

"난 썩은 이가 좋아."

"네 남편이 좋아하는 모양이구나."

"그래, 남편이 좋아해 주니까 나도 좋아."

여덟 살 때 띠는 착하지만 조금 느리고 말이 어눌한 소녀였다. 그런데 띠가 정직하고 똑똑하게 대답하는 것을 들으니, 만일 그녀가 텔레비전 쇼의 진행을 맡는다면 누구보다 훌륭하게 잘해 내지 않을까 하는 생각이 들었다.

세상에는 똑똑한 사람들도 많고 정직한 사람들도 많다. 그렇지만 머리가 좋은 사람들은 대개 정직하지 않고, 정직한 사람들은 그다지 똑똑하지 않은 경우가 많다. 똑똑한 사람이 늘 말을 잘하거나 치밀하게 문제를 해결하는 것도 아니다. 그리고 치밀하게 뭔가를 한다는 것은 대체로 정직함과는 관계가 없는 일이었다.

참 안타까운 일이다!

하지만 띠는 특별한 사람이었다. 그녀는 똑똑하면서도 정직했다.

조금 다르게 표현하자면, 그녀는 똑똑하게 정직했다.

2 곱하기 2가 4라는 것은 아주 정직한 결론이다. 그러나 정직함이 진실과 만나면, 그것은 또한 똑똑함이 된다.

띠는 늘 진심만을 말했다. 띠는 부끄러워하지도 잘난 척하지도 않았다.

"남편이 좋아해 주니까 나도 좋아."

띠가 내게 한 말은 인간의 감정적 본성을 건드리는 똑똑한 발언이었다.

내가 띠를 너무 치켜세우는 것 같기도 하다.

아마 그건 띠가 여전히 썩은 이를 가지고 있었기 때문일 것이다. 다시 말해, 그녀가 내 연설문 속의 어린 소녀 띠와 크게 달라지지 않았기 때문일 것이다.

하지만 그것은 치아라는 표면적인 문제보다 훨씬 더

중요했다. 몇 년 만에 만났는데도, 띠의 성품은 조금도 변하지 않고 예전과 똑같았다.

나는 띠에게 물었다.

"내 글 때문에 여기 온 거야?"

"맞아."

"그럼 내가 우리 어린 시절을 사람들의 웃음거리로 만들려 한다는 것도 알고 있겠구나."

나는 뚠에게 그랬던 것과 똑같이 기계적인 투로 씁쓸하게 말했다.

"등장인물의 이름을 전부 바꾸기로 했어……."

"바로 그래서 내가 여기 온 거야."

띠가 내 말을 가로막았다.

나는 손을 들어 띠를 안심시켰다.

"걱정 마. 내 이야기 속에 썩은 이를 가진 소녀 띠는 없으니까."

"그런 뜻이 아니야!"

"그럼 무슨 뜻인데? 내 원고를 찢어 버리고 싶지 않아?"

나는 당황하여 얼굴을 찌푸렸다.

"절대로!"

띠는 생선을 훔쳤다는 누명을 쓴 고양이처럼 날카롭게 외쳤다(튀긴 생선을 먹은 '고양이'는 H와 T였다. 참고로 H와 T는 하이와 뚠이다).

"그럼 원고를 찢어 버리는 것만으로는 충분하지 않다 이거야? 하긴 찢어 버리기만 한다면 어딘가 흔적이 남을 수도 있겠구나. 그럼 아예 태워 버리길 바라는 거야?"

"제발 그러지 마! 정말로 내가 그런 짓을 시킬 거라고 생각해? 내가 여기 온 것은 네 글을 바꾸지도, 찢어 버리지도, 태워 버리지도 말라고 충고하기 위해서야. 다른 두 사람의 말은 듣지 마. 그냥 우리 어린 시절에 있었던 일들을 있는 그대로 써 줘."

띠의 눈에 눈물이 맺혔다.

나는 의아한 얼굴로 띠를 바라보았다. 문득 사십여 년 전에 띠가 착하고 유순한 내 아내였다는 사실이 떠올랐다. 나는 띠와 진짜로 결혼하지 않은 것을 아쉬워해야 하는 게 아닐까? 띠의 아이들이 내 아이들이 아니라는 사실에 안타까워해야 하는 것은 아닐까? 만약 내가 여덟 살이었다면 나는 몇 번이나 내 머리를 쥐어박았을 것이다.

"미안해……."

한참이 지난 뒤 나는 이렇게 말했다. 그리고 그 순간 그보다 더 부적절한 말은 없으리라는 것을 깨달았다.

띠는 눈물을 닦았다.

"네가 할 수 있는 최고의 사과는 내 충고를 따르는 거야."

제아무리 못생긴 눈이라 해도 눈물이 가득 고인 눈은 늘 아름답기 마련이다.

띠의 눈물이 내 가슴에 똑 하고 떨어졌다.

나는 마치 정신을 잃었다가 깨어난 기분이었다.

"네 충고 받아들일게."

"그럼 원고를 태워 버리지 않을 거지?"

"안 그럴게."

"찢어 버리지도 않을 거고?"

"안 그럴게."

"등장인물들의 이름도 원래대로 놔둘 거지?"

"그래, 그럴게."

나는 놀라우리만큼 편안해진 기분으로 이렇게 대답
했다.

*

어린 시절에는 모든 것이 지금과 달랐다. 사십 년 전,
띠는 내가 단 한 번만이라도 자기 말에 귀 기울여 주기
를 바랐을 것이다. 하지만 그 시절에 띠는 그런 작은 희
망조차도 품을 수 없었다.

설사 희망을 품었다 해도 나의 고함 소리에 곧 꺾여
버리고 말았을 것이다.

나는 날마다 띠에게 소리를 질렀다. 띠의 얼굴에 떠오
르는 그 소심한 표정을 보고 싶은 욕망, 그리고 그 애가
혼신의 노력을 다해 내 뜻에 따르는 것을 보고 싶은 이
기적인 욕망을 채우기 위해서였다.

인생을 조금이나마 덜 지루하게 만들 방법을 고민하

던 나는 어느 날 띠에게 새로운 놀이를 제안했다.

"보물 찾으러 가자."

"어디로 갈 건데?"

"바다를 건널 거야. 보물은 외딴 섬에 묻혀 있으니까."

"뭐? 우리 같은 어린아이들이 어떻게 바다를 건널 수 있어?"

"이 겁쟁이!"

나는 눈을 깜빡이며 띠를 보았다.

"내가 본 어떤 영화에서는 사람들이 많이 모여서 바다를 건너기 위해 뗏목을 만들었어."

"하지만 그 사람들은 어른이잖아."

나는 어깨를 으쓱했다.

"어른이나 애들이나 똑같아! 중요한 건 바다를 건널 용기가 있느냐 없느냐지!"

"하지만 어른들은 부모님에게 허락을 받을 필요가 없잖아."

그 말에 나는 적잖이 당황했다. 띠의 말은 아주 단순했지만 사실은 아주 결정적인 것이었다. 그것은 우리에게 용기가 있느냐 없느냐보다 훨씬 더 중요한 문제였다 (내 생각에 띠는 어린 시절에도 똑똑하고 정직한 아이였던 것 같다).

"네 말이 맞아. 그럼 바다는 좀 곤란하겠다. 하지만 숲으로 들어가거나 산에 올라갈 수는 있을 거야."

나는 한결 낮고 차분해진 목소리로 말했다.

"숲으로 들어가거나 산을 오르는 것도 바다를 건너는 거랑 똑같아. 부모님들은 우리가 그렇게 오랫동안 집을 떠나 있는 걸 허락하지 않을 거야."

띠가 내 말을 가로막으며 안타까운 얼굴로 말했다.

"휴!"

나는 뚱한 표정으로 한숨을 쉬었다.

"부모님은 우리를 절대 믿지 않아. 우리가 길을 잃을까 봐 늘 걱정하잖아."

마음속으로 계속해서 화가 쌓이는 게 느껴졌다.

"설령 우리가 길을 잃지 않더라도, 호랑이나 판다에게 잡아먹힐까 봐 걱정하겠지."

슬퍼하는 나를 보며 띠도 슬퍼했다. 그 애는 내 팔을

살살 흔들며 나를 위로하려 했다.

"어른이 될 때까지 조금만 참고 기다리자. 어른이 되면 아무도 우릴 막지 못할 테니까 원하는 곳이라면 어디든 갈 수 있을 거야."

띠는 눈을 반쯤 감고 있었다. 그 애의 눈동자가 반짝반짝 빛났다.

"생각하는 것만으로도 무지무지 신 난다."

띠는 이번에도 진실을 말했다. 그러나 그 진실조차도 양면성을 지니고 있었다. 살아가는 동안 나는 천천히 깨닫게 되었다. 어렸을 때는 하고 싶은 일을 할 수 없어서 종종 불행하지만, 어른이 되면 오히려 더 힘든 상황에 직면하게 된다는 사실을. 어른이 되었을 때, 나는 원하는 것을 할 수 있는 자유를 지나치게 많이 누리게 되었다. 그러나 아이들과 비교해 보면, 어른들이 하는 일들은 대체로 훨씬 더 멍청하고 더 위험한 것이었다.

어릴 때 우리가 원하는 것을 못하도록 가로막는 부모님이 있었던 것처럼, 어른들에게도 도덕적 규범이라는 '어머니'와 법적 규범이라는 '아버지'가 있다. 전자는 진짜 어머니처럼 다정하게 조언을 해 주는 반면 후자는 엄한 아버지처럼 어른들에게 위협을 가한다. 그러나 아이들이 그러하듯 어른들 역시 부모님의 말에 늘 순종하는 것은 아니다. 그래서 종교가 생겨난 것이다. 어떤 면에서 종교는 도덕적 규범인 동시에 법적 규범이기도 하다. 종교 역시 해도 되는 것과 해서는 안 되는 것을 구분하여 가르친다. 그러나 종교는 일반적인 행동 규범들과는 달리 믿음을 토대로 만들어졌기 때문에, 사람들은 아무런 의심 없이 그것을 따른다. 만약 그마저도 믿지 못한다면 사람들은 그 어디서도 자기 확신을 얻을 수 없을 테니까.

이런, 또 실없는 소리를 한 것 같다!

나는 나와 띠, 그리고 보물을 찾으려는 우리의 계획(어차피 실패로 끝날 운명인지도 모르지만)에 대해 말하려던 것뿐이다.

우리는 결국 외딴 섬에도, 숲에도, 산에도 가지 못했다. 여덟 살은 너무나 비참한 나이였다. 뭔가를 시도할 때마다 도처에 장애물이 포진하고 있었다.

나는 띠를 보았다. 띠는 이 광대한 세상에서 헤엄치는

작은 피조물 같았다. 그리고 나 또한 띠와 다를 바 없는 어리고 힘없는 존재일 뿐이었다.

나는 무심코 주위를 둘러보았다. 모든 것이 불타고 재만 남은 창고처럼 마음이 텅 빈 것 같았다. 그 속에 무엇을 채워 넣어야 할지 알 수 없었다. 그때 갑자기 하이네 집 뒷마당의 작은 정원에 있는 자두나무가 눈에 띄었다.

"야, 띠. 지금 생각난 건데 말이지, 어쩌면 사람들이 보물을 정원에 묻었을 수도 있어."

내 눈은 흥분으로 반짝였다.

"정원?"

깜짝 놀란 띠가 물었다.

"그래, 정원."

나는 고개를 끄덕이며 하이의 집을 가리켰다.

"저길 봐! 하이네 집 뒤에 있는 자두나무가 보이지?"

띠는 저 멀리 있는 하이네 정원을 보더니 이윽고 내게 눈을 돌렸다.

"응, 보여."

"틀림없이 저곳에 보물을 묻었을 거야!"

내 목소리는 확신에 차 있었다. 그리고 나는 목소리보다도 더 결연한 얼굴을 하고 있었다.

띠는 의심스럽다는 듯이 물었다.

"그러면 누가 묻었을까?"

"누군가가 묻었겠지. 어쩌면 하이의 부모님일지도 몰라. 아니면 예전 집주인들 중에서 한 명일 수도 있고."

"그럼 한번 파 보자!"

띠는 내 말에 호기심이 발동했는지 적극적으로 나섰다. 그때 그 애가 정말로 자두나무 밑에 보물이 묻혀 있다고 믿었는지는 확실하지 않다. 띠가 내 제안을 선뜻 받아들인 건 어쩌면 부모님 허락도 없이 외딴 섬이나 숲에 들어가는 사태를 미리 차단하기 위해서였는지도 모른다. 그런 즐거움마저 없다면 조만간 내가 다시 그 위험한 모험을 감행하려 할 것임을 누구보다도 잘 알고 있었을 테니까.

*

하이네 집 정원 발굴에는 나를 포함해 네 명의 아이들이 참가했다. 그중에는 정원 주인인 하이도 있었다. 뚠이 하이의 뒤를 이어 두 번째 참가자가 되었다. 그 애는 소꿉놀이를 할 때마다 하이의 아내 역할을 맡은, 말하자면 정원의 안주인이었으니까.

하지만 무엇보다도 중요한 이유는 우리 네 사람이 둘도 없는 친구였기 때문이었다. 우리는 아주 사소한 행복에서부터 심각한 인생 문제에 이르기까지, 부모님에게 두들겨 맞은 것부터 우리가 곧 파내려 하는 값진 보물에 이르기까지, 모든 것을 공유했다.

그러나 거기에는 보다 중요한 이유가 하나 더 있었다. 정원 구석구석을 뒤지고 보물을 찾는 것마저 하지 않았다면 우리의 삶은 얼마나 더 지루해졌을까? 먹고 자고 공부하고. 우리에겐 아무런 불평도 못하고 무거운 짐을 나르는 멍청한 당나귀처럼 날마다 이 따분한 일상에 짓눌려 살아야 할 이유가 없었다.

우리는 세상이 우리에게 지운 다른 모든 짐들을 거부하고 그 대신 보물을 짊어지기로 결심했다.

그리고 유난히 화창했던 어느 날 드디어 정원을 파내기로 했다.

하이의 부모님은 우리의 계획을 무척이나 환영했다. 그분들은 우리가 제 할 일을 스스로 찾아서 하는 아주 착한 아이들이라고 생각했다.

하이의 아버지가 내 머리를 쓰다듬으며 말했다.

"아주 착하구나."

하이의 어머니는 양동이를 들고 열심히 뛰어다니는 뚠을 보며 감동한 듯 눈물을 글썽였다.

"조심해. 넘어지겠다."

일주일쯤 뒤엔 정원 어디에도 우리의 손길이 미치지 않은 곳이 없었다. 우리는 고고학자들처럼 모든 나무와 관목 아래를 아주 꼼꼼하게 파냈다. 그러나 끝내 보물은 나오지 않았다. 우리는 삽이 나무 상자 뚜껑이나 금이나 다이아몬드처럼 딱딱한 뭔가에 부딪치는 소리가 들리기를 하염없이 기다렸다. 가끔은 하이나 내가 들고 있던 삽이 뭔가에 쨍하고 부딪치기도 했지만, 그것은 번번이 부서진 도자기 그릇이나 녹슨 쇳조각에 불과했다.

열흘이 지난 뒤, 정원은 온통 우리가 파헤쳐 놓은 구덩이들로 가득했다.

열하루 째 되던 날, 급기야 정원의 나무들이 기력을 잃고 하나둘 생을 마감하기 시작했다. 가지가 마르고 잎이 떨어지고 열매가 우글쭈글해졌다.

다음 날 아침, 하이의 아버지는 더 이상 내 머리를 다정하게 쓰다듬지 않았다. 대신 눈썹을 사납게 치켜세우며 손가락으로 문을 가리켰다. 그리고 보통은 도둑을 향해 소리칠 때나 나올 법한 목소리로 악을 썼다.

"당장 나가!"

하이의 어머니는 시들시들 말라 버린 자두나무를 그보다 더 시들시들해진 눈으로 바라보았다. 그 순간 아주머니의 얼굴은 상실감 때문인지 너무도 비참해 보였다. 아주머니는 소리를 지르는 대신 넋두리를 늘어놓았다.

"하느님 맙소사! 저 망나니들!"

망나니가 될 생각은 없었다. 우린 그저 보물을 찾고 싶었을 뿐이다. 하지만 정원을 온통 파헤쳐 놓은 우리의 열정 때문에 하이의 어머니는 하마터면 돌아가실 뻔했다. 그런 끔찍한 생각을 하니 갑자기 몸이 부르르 떨렸다.

뚠과 띠도 나와 같은 마음이었을 것이다. 우리 세 사람은 눈 깜짝할 사이에 연기처럼 그곳에서 사라져 버렸다.

그 자리에 남은 것은 달리 갈 만한 곳을 생각해 내지 못한 하이뿐이었다.

아이들에게 집은 아주 중요하다. 자신이 사는 집은 몸만큼이나 자연스러운 것이다. 아이들은 집에서 달아날 수 없다. 만약 달아나려 했다가는 큰 타격을 받게 될 것이다. 토끼가 자신의 가죽에서 벗어나지 못하는 것과 마찬가지다.

오직 어른들만이 그런 특별한 짓을 할 수 있다. 어떤 경우에는 원래의 자신과 완전히 다른 새로운 자아로 탈바꿈할 수도 있다. 어른이 되었을 때, 철학자들이 그런 이야기를 주고받는 것을 들어 본 적이 있다.

지금이 몇 시인지 아세요?

다음 날 하이는 잔뜩 부은 얼굴로 나를 찾아왔다.

단단히 화가 난 듯한 하이의 얼굴에서 일당을 부추겨 정원을 망쳐 놓은 내게 앙갚음하고야 말겠다는 결연한 의지가 엿보였다.

하지만 내 얼굴의 시커먼 멍을 본 하이는 갑자기 분노를 누그러뜨리고 말했다.

"너도 맞은 거야?"

비록 자기도 곤란한 상황이었지만 하이는 저보다 더 딱한 처지에 놓인 사람을 발견했다는 사실에 얼마간 행복을 느끼는 듯했다.

"응."

나는 부어오른 뺨을 문지르며 낮은 목소리로 말했다.

"어제 저녁에 너희 아빠가 찾아오셨어. 엄청 열 받으셨더라."

하이는 걱정스러운 표정을 지었다. 그 애는 마치 활화산의 꼭대기에 서 있는 사람 같았다.

오래 지나지 않아 하이의 걱정은 현실로 나타났다. 잠시 후, 뚠과 띠가 발을 질질 끌며 우리 집에 왔다. 두 친구의 얼굴은 방금 널어놓은 빨래처럼 잔뜩 구겨져 있었다.

하이와 나는 아무것도 묻지 않았다. 뚠과 띠 역시 아무 말도 하지 않았다. 하지만 두 사람의 힘없는 얼굴이 그동안 무슨 일이 있었는지를 말해 주고 있었다.

"왜 우리가 벌을 받아야 하는 거지? 우리가 뭘 그렇게 잘못한 거야?"

나는 평생 부당한 대우를 받은 사람처럼 볼멘 목소리로 투덜거렸다.

"그걸 몰라서 물어? 지금 우리 집 정원이 난장판이 됐
잖아!"

하이가 짜증 난다는 투로 말했다.

"하지만 망치려고 그런 건 아니잖아. 안 그래, 띠?"

우리에게 손해 배상이라도 청구하려는 듯한 하이를
보며 나는 띠에게 말했다.

띠가 재빨리 덧붙였다.

"절대 아니지. 망쳐 놓을 생각은 하나도 없었어."

자신도 이 사건의 공모자라는 자각 때문인지 뚠도 이
번만큼은 내 편을 들었다.

"우리 중에서 아무도 정원을 망칠 생각은 없었어."

뚠마저도 반기를 들자 하이는 갑자기 자신이 불리한
입장임을 알아챈 것 같았다. 하이는 긴 한숨을 내쉬고는
똑같은 말을 되풀이했다.

"맞아, 정원을 망치려던 건 아니었어."

그때까지도 나는 우리가 정원에서 쫓겨나지 않고 계
속 땅을 팠더라면 곧 보물을 찾게 되었을 것이라고 굳게
믿고 있었다. 그러고 보면 아이들은 모두 세상 어딘가에

서 보물을 찾아낼 수 있을 거라고 믿는 것 같다.

대부분의 경우 어른들은 아이들이 품고 있는 이러한 믿음을 부정하지 않는다.

"보물? 그래, 보물은 있지!"

어른들은 다정하게 미소 지으며 말한다. 그리고 곧바로 이렇게 덧붙인다. '지식'이야말로 인류의 진정한 보물이라고. 대체로 어른들은 자신의 아이들에게 이렇게 말하기를 좋아한다(물론 지금의 나 역시 종종 그런 말을 한다).

"얘들아, 공부를 열심히 해야 해. 지식은 무엇보다 소중한 보물이란다. 지식은 인생의 열쇠야. 그것만 있으면 어떤 문이든 열 수 있거든."

어쩌면 어른들의 말이 옳은지도 모른다. 하지만 여덟 살 아이의 눈에 보물이란 황금 상자이거나 최소한 다이아몬드 덩어리여야만 했다.

"인간은 모두 보물을 찾고 싶어 해. 우리 부모님도 그래. 그런데 왜 우리만 벌을 받아야 해?"

내가 코를 훌쩍이며 말했다.

마치 오랫동안 고통에 시달려 온 사람처럼, 뚠이 갑자

기 울먹이기 시작했다.

"엄마 아빠는 잘못을 해도 벌을 안 받는데 왜 우리만 맨날 벌을 받아야 하는 거야!"

감정이 격해진 하이는 곧 자기 어머니가 저지른 실수들을 우리에게 털어놓기 시작했다.

"우리 엄마는 오토바이 열쇠를 다섯 번이나 잃어버리고 옷장 열쇠를 열두 번이나 잃어버렸어. 하지만 엄마를 나무라는 사람은 하나도 없었어."

띠는 아버지와 단둘이 살고 있었다. 그 애는 코를 훌쩍이며 말했다.

"우리 아빠는 술을 끊겠다고 나한테 약속해 놓고 지키지 않았어."

내가 즉시 끼어들었다.

"그러고도 회초리로 맞지도 않았지?"

우리 네 사람은 점점 더 격한 감정에 사로잡혀, 차례로 부모님의 실수를 털어놓았다. 단 몇 분 만에 우리는 부모님들이 셀 수 없이 많은 실수를 저지른다는 사실을 깨닫고 깜짝 놀랐다. 어쩌면 우리보다도 열 배는 더 많이 실수를 저지르는 것 같았다. 후에 나는 우리 부모님이 내게 그랬던 것처럼 내 아들에게 이렇게 말했다.

"부모를 판단하려고 해서는 안 된단다."

솔직히 말해 나는 그 말을 한 것이 아이들에게 올바른 행동을 가르치기 위해서였는지, 아니면 가장 큰 벌을 받아야 할 사람이 바로 나라는 사실을 아이들이 알게 될까 봐 두려웠기 때문이었는지 여전히 잘 모르겠다. 아무튼 딜레마가 아닐 수 없다!

사실 실수를 하는 것은 매우 자연스럽고 인간적인 일이다. 아이들이 어른들에게 실수를 숨기려 애쓰고 있을 때, 어른들 역시 아이들에게 자신의 실수를 들키지 않으려 최선을 다하고 있을 것이다.

굳이 비교를 하자면, 사실 아이들이 어른들보다 숨기는 일에 조금 더 능숙하다. 하지만 그건 단지 벌 받을 것이 두렵기 때문이다. 어른들은 아이들보다 실수를 숨기는 데 서툴다. 아이들보다 머리가 나쁘거나 능숙하지 못해서가 아니라, 눈과 귀를 닫고 있기 때문이다. 아이들은 어른들에게 벌을 줄 수가 없다. 그것을 두고 어른들은 마치 자신들이 실수를 저질러도 되는 특혜라도 받은 양 착각에 빠진다. 만약 어떤 아이가 실수로 식탁에서 오줌을 싼다면, 그 아이는 즉시 어른들로부터 꾸중을 듣고 손찌검을 당하게 될 것이다. 하지만 어른이 그와 똑같은 짓을 한다면, 아이와 다른 어른들은 아마 그냥 웃어넘길 것이다. 사실 어른이건 아이건 똑같이 혼이 나야 마땅한 상황인데도, 게다가 굳이 어느 한쪽을 용서해야 한다면, 용서받을 사람은 오히려 아이인데도 말이다.

아이들은 숙제를 하지 않아서, 책과 공책을 지저분하게 사용해서, 노는 데 열중하느라 낮잠 자는 것을 깜빡 잊어버려서, 그리고 그 밖에 수많은 실수들을 저질러서 자주 벌을 받는다. 뿐만 아니라 가끔씩은 부당하게 벌을 받기도 한다.

어른들은 종종 진정한 친구를 찾을 수 없다고 불평을 늘어놓으며 자신들의 외로움을 과장하려 한다. 하지만 정작 가장 외로운 사람은 바로 아이들이다. 아이들이 실수로 컵이나 꽃병 따위를 깨뜨리기라도 하면, 부모님은 물론 손위 형제자매들까지 나서서 그 아이를 노골적으로 질책한다. 어쩌면 컵을 깨뜨린 건 아이가 아니라 굼뜬 고양이였는지도 모른다. 하지만 아이에겐 화가 난 어른들에게 자초지종을 설명할 시간조차 허락되지 않는다. 설령 아이가 울먹이며 진실을 말한다고 해도 어느 누구도 그 말을 믿지 않을 것이다. 반면 부모를 야단치는 아이는 세상에 없을 것이다.

나는 아버지가 되었을 때 내 아이들에게 부당한 체벌을 가하지 않으려 애를 썼다. 하지만 아이와 어른 사이의 경계를 허무는 것은 부자와 가난한 자의 격차를 좁히는 것만큼이나 어려운 일이었다. 어른들은 항상 자신이 옳다고 생각하는 경향이 있다. 실수를 저질렀을 때 비난을 받는 것은 언제나 아이들이다.

나는 겨우 여덟 살이라는 나이에 부어오른 뺨을 문지르며 그런 부당함을 느꼈다. 그럴 때면 세상에 나를 이해해 줄 사람은 아무도 없는 것만 같았다. 그런 생각을 할 때마다 비참한 기분이 들었다. 아마 어른들은 절대 그 기분을 알 수 없을 것이다.

부모님들이 저지른 온갖 실수들을 한바탕 늘어놓다

보니 문득 모의 재판을 열어야겠다는 생각이 들었다.

불과 며칠 전까지 우리 네 사람은 너도나도 부모의 역할을 맡고 싶어 했지만 이번에는 모두 아이의 역할을 맡는 특권을 누리기 위해 서로 다투었다. 이 재판은 유례가 없는 특별한 사건이었다.

제법 치열하게 논쟁을 벌인 끝에 하이와 뚠이 어른들을 심판할 꼬마 판사의 지위를 얻었다. 그리고 불행히도 띠와 나는 피고 역할을 맡게 되었다.

하이는 잉크병으로 탁자를 탕탕 두드리며 심각한 얼굴로 말했다.

"아빠, 대체 지금까지 어디 있다 오시는 거예요? 지금이 몇 신지 아세요?"

나는 낮은 목소리로 웅얼거렸다.

"그게 말이다, 오늘 오랜만에 친구를 만났는데…… 너무 반가워서 한잔 하다 보니 시간이 이렇게 되었구나."

"지난주에도 술 마시고 오토바이 타다가 나무에 부딪쳐서 병원에 실려 갔잖아요. 기억 안 나세요?"

그건 사실이었다. 하이의 아버지는 술을 마시고 오토

바이를 타다가 나무에 부딪쳤고, 정신이 들었을 때는 머리에 붕대를 친친 감은 채로 병원 침대에 누워 있었다. 모두들 그날 아저씨가 돌아가실 거라고 생각했다.

나는 혀를 찼다.

"물론 기억하지."

"그런데 오늘은 왜 또 술을 마신 거예요? 만일 아빠에게 무슨 일이라도 생기면, 엄마랑 나는 누가 돌봐 주냐고요?"

하이는 피고를 향해 고함을 치다가 곧 감정이 북받친 듯 울먹거리기 시작했다. 아버지를 잃을지도 모른다는 불안감 때문이었으리라.

하이의 말을 듣던 나는 고개를 푹 숙였다.

"잘못했다."

하이는 마치 진짜 아버지를 쳐다보듯 눈에 눈물을 머금고 나를 바라보았다. 그러더니 굵고 낮은 목소리로 이렇게 말했다.

"그런 얘기는 이미 수도 없이 들었어요."

"걱정 마라. 이번이 마지막이야. 다시는 이런 일이 없을 거라고 약속할게."

나는 떨리는 목소리로 말했다. 하이의 아버지가 들것 위에 납작하게 누워서 다시는 일어나지 못하게 되는 비극적인 상황을 상상하니 너무나 끔찍했기 때문이었다.

"그리고 엄마."

이번에는 뚠이 따분한 표정으로 띠를 쳐다보았다.

"엄마한테 무슨 말을 해야 할지 모르겠어요."

띠는 마치 잘못을 저지른 사람처럼 불안한 얼굴을 하고는 발로 땅을 톡톡 찼다.

그때 뚠이 갑자기 울음을 터뜨렸다.

"엄마는 단 한 번도 나를 존중해 준 적이 없어요."

뚠은 비통하게 흐느꼈다.

띠의 얼굴이 창백해졌다.

"얘야, 울지 마라. 도대체 무슨 말을 하는 거니? 난 항상 너를 사랑하는데."

"난 엄마가 날 존중해 준 적이 없다고 했지, 사랑하지 않는다고 말한 게 아니에요."

띠는 정말로 놀란 것처럼 보였다. 뚠은 화가 난 듯한

목소리로 한 마디 한 마디 정확하게 자신의 속마음을 이야기했다.

"사랑과 존중은 완전히 다른 거예요."

뚠은 어머니의 실수를 지적하기 시작했다.

"지난번에 엄마랑 쇼핑 갔을 때, 엄마는 내게 파란 블라우스와 노란 블라우스 중 어떤 것이 좋으냐고 물었어요. 그때 난 노란 게 더 좋다고 했죠. 하지만 엄마는 이렇게 말했어요. '아니야, 파란 걸 사자. 파란 게 더 시원해 보여'라고요."

띠는 웃음을 참으려 애쓰며 뚠이 입고 있던 파란색 블라우스를 쳐다보았다.

"그게⋯⋯."

"엄만 계속 그 말만 하시네요. 나를 존중해 주지 않을 거면 차라리 내 의견을 묻지도 마세요. 이제부터 그냥 엄마가 하고 싶은 대로 하시라고요. 내 의견 따위는 절대 묻지 마세요."

뚠은 부루퉁한 표정을 지었다.

"미안하다⋯⋯."

뚠의 말이 끝나자마자 하이가 오래 참았다는 듯 잽싸게 말을 이었다.

"그리고 엄마는 항상 말이 너무 많아요."

그 말에 띠가 눈을 동그랗게 떴다.

"내가?"

"그래요."

하이는 얼굴을 찌푸렸다.

"작년에 자전거를 잃어버린 걸 두고 아직도 잔소리를 하잖아요. 어제 밥을 먹을 때도 또 그 얘기를 꺼냈죠. 마치 내가 자전거를 수백 대는 잃어버린 것처럼 말이에요."

"내가 그랬다고? 아냐, 엄만 그러지 않았어!"

"그럼 '우리 아들은 자전거도 잃어버린 아이예요. 대체 뭘 못 잃어버리겠어요?'라고 말한 사람은 누구죠? 아마 그게 올해 엄마가 가장 좋아한 말일 거예요. 안 그래요?"

하이의 불평을 들으며 나는 깊은 한숨을 내쉬었다. 판사석에 서 있던 뚠 역시 생각에 잠긴 듯 눈을 내리깔

왔다.

우리 어머니 역시 하이의 어머니와 마찬가지였기 때문이다. 어머니들이란 하나같이 그런 나쁜 습관을 가진 모양이었다. 물론 띠의 어머니는 예외였다. 아주머니는 너무 일찍 돌아가셔서 그런 나쁜 습관을 미처 가져 보지도 못했을 테니까.

그날 재판은 꽤 오랫동안 이어졌다. 재판이 끝났을 때 우리의 얼굴은 만족감으로 발갛게 상기되었다. 정의를 되찾은 기분이 들었다. 그동안 쌓아 온 불만과 분노를 적당히 분출했고, 아이들이 지적하지 않았다면 결코 깨닫지 못했을 수많은 잘못들에 대해 어른들이 솔직하게 사과하는 모습도 상상해 볼 수 있었다.

그날 우리는 마치 꿈속에서 하루를 보낸 것 같은 기분이었다. 세상 모든 아이들이 꾸는 황홀한 꿈. 그 꿈이 너무 짧다는 게 아쉬울 뿐이었다.

그날 저녁, 재판이 끝나고 집으로 돌아갔을 때 아버지가 내게 소리쳤다.

"대체 지금까지 어디 있다 온 거니? 왜 이렇게 늦게

온 거야? 지금이 몇 신지 알아?"

아이러니하게도, 조금 전 하이 판사 역시 비슷한 말을 큰 소리로 내뱉었다.

"대체 지금까지 어디 있다 오시는 거예요? 지금이 몇 신지 아세요?"

그리고 나는 가라앉았다

이제 하이와 뚠은 여덟 살 때 그 모든 일들이 일어났
다는 사실을 부정하고 있었다. 두 사람은 '신을 모독하는
재판'의 기억을 잊고 싶어 했다. 하지만 여덟 살 때 하이
와 뚠이라는 열정 넘치는 동지들이 없었다면 아마 띠와
나는 세상을 바꿀 수 없었을 것이다.

일기장을 넘기듯 추억 속의 영상들을 더듬고 있는 지
금, 그 시절에 일어났던 일들을 떠올리면 여전히 만감이
교차하는 것을 느낀다.

어른이 되었을 때, 나는 나를 똑바로 쳐다보는 아이들

의 시선을 느낄 때마다 몸을 움찔하고는 했다. 그럴 때면 마치 셔츠의 단추를 채우지 않거나 바지 지퍼를 제대로 올리지 않고 집을 나온 듯한 기분이 들었다.

사실 우리는 셔츠의 단추를 채우듯 우리의 품성과 인격을 돌아보고 관리할 필요가 있다. 하지만 우리는 종종 인격에 단추를 채우는 것을 잊어버리고도 신경을 쓰지 않는다. 많은 어른들이 단정한 행동보다 단정한 옷차림에 더 신경을 쓴다. 단정하지 못한 옷차림은 쉽게 남의 눈에 띄지만, 단정하지 못한 행동은 발견하기도 어렵고, 혹시 들킨다 하더라도 그렇게 행동한 데 대해 수많은 변명을 늘어놓을 수 있기 때문이다.

그러나 아이들의 눈을 속이는 것은 어른들을 속이는 것만큼 쉽지 않다. 어른들은 세상을 논리적으로 바라보지만, 아이들은 세상을 직관적으로 느끼기 때문이다.

어린 시절에는 하이와 뚠도 여느 아이들처럼 순수하고 직관적인 눈으로 세상을 바라보았다. 그러나 이제 그들은 이성과 논리를 앞세워 한때 자신들이 아름답다고 생각했던 많은 것들을 지워 버리려 하고 있었다. 직관을 아이들이 쓰는 파란 볼펜에 비유한다면, 이성은 선생님들이 쓰는 빨간 볼펜이다.

어른들은 과거의 흔적을 모두 지워 버리기 위해 먼지를 털어 내듯 쉽게 기억들을 털어 낸다.

문제는 그 먼지 속에 반짝이는 다이아몬드들이 가득하다는 점이다.

나는 연설문의 초안을 쓰기 위해 빛나는 먼지 가루들을 잔뜩 모아 두었다. 그러나 더 이상은 아니다. 내가 쓰고 있는 것은 더 이상 '아이들의 세계'에서 발표할 연설문이 아니다. 띠는 내게 새로운 출구를 보여 주었다. 학술 워크숍에서 발표할 연설은 정확한 사실에 입각해야 한다. 하이와 뚠이 내게 이의를 제기한 것도 다 그런 이유에서였다. 하지만 이 글이 소설이라면 작가에게는 엄연히 창작의 자유가 있으므로, 나는 모든 이의 제기로부터 자유로워질 터였다. 필요할 경우 이야기의 첫머리에 '이 책에 등장하는 인물과 사건 들은 모두 작가의 상상에서 비롯된 허구이며, 우연히 실제 인물과 비슷한 경우에도 작가에게는 책임이 없다'고 덧붙이기만 하면 될 일이었다. 어떤 책에서 그런 머리말을 본 적이 있는데, 띠가 그 점을 적절히 상기시켜 준 것은 나로서는 다행한 일이었다.

이제 더 이상 휴대 전화 화면에 하이 '이사님'과 뚠 '교장 선생님'의 번호가 뜨는 것을 두려워할 이유가 없었다.

나는 휴대 전화에 대고 소리쳤다.

"걱정 마, 걱정 말라고! 더 이상 연설은 없을 테니까!"

"걱정할 필요 없어! 여덟 살 난 여자아이에게 같이 자자고 말한 소년이 있었다는 것도, 부모들을 심판하기 위해 재판을 연 아이들이 있었다는 것도 유네스코 측은 모를 거야."

나는 통화를 마치며 입맛을 다시고 회심의 미소를 지었다.

'흥, 이 책이 출판되면 유네스코는 몰라도 아마 세상 사람들은 우리 어린 시절의 이야기를 다 알게 될 거다.'

우리 네 사람에게 일어난 일들은 사실 전혀 새로울 게 없는 사건들이었다. 세상 모든 아이들에게도, 한때 아이였던 모든 어른들에게도 한 번쯤 일어나는 일이니까. 그런데 왜 우리가 그것을 숨겨야만 하는가? 착한 아이들도 인생을 조금 더 빛나게 만들기 위해, 조금 더 의미 있는 것으로 만들기 위해 우리처럼 행동하고 싶어 한다.

부모들은 자신의 등 뒤에서 아이들이 무엇을 하는지 잘 알지 못한다. 그들도 한때 부모의 등 뒤에서 똑같은 행동을 했을 텐데도 말이다.

사실 이 이야기를 공개하기로 결심했을 때, 내가 가장 두려워한 사람은 하이와 뚠이 아닌 우리들의 부모님이었다.

점잖고 교양 있는 그분들의 눈에 우리는 늘 착하고 올바른 아이였다. 그런데 이 책을 읽고 나면 그분들은 우리가 자신들이 생각했던 것만큼 괜찮은 아이들이 아니었다는 사실을 알게 될 것이다. 비록 그 말썽꾸러기들이 다 자라 기업의 이사가 되고 교장이 되고 유명 작가가 되었지만 말이다.

우리 부모님만 두려운 게 아니다. 세상의 모든 부모들이 두렵다. 내 책을 읽고 충격을 받은 부모들이 자신의 아이들을 믿지 못하게 되고, 뭔가 위험한 일을 저지를지도 모른다고 의심하게 되고, 그로 인해 아이들에게 더 엄격한 부모가 될까 봐 두렵다.

사실 모든 아이들의 마음은 순수하다. 우리가 하이의 정원을 망쳐 놓은 것은 그저 그런 결과를 예상하지 못했기 때문이었다. 그때 우리는 우리의 행동에 확고한 믿음을 가지고 있었다. 심지어 매일 밤 하이네 집 뒷마당에 있는 자두나무 밑에서 금이 가득 담긴 트렁크를 발견하는 꿈을 꾸기도 했다.

시간이 흘러 어른이 되었을 때, 나는 어른들의 마음이 아이들처럼 맑고 깨끗하지 못하다는 사실을 깨닫고 실망했다. 어른들은 지식이 진정한 보물이라고 아이들에게 가르치지만 정작 그들 대부분은 그 보물을 원하지 않는다. 어른들이 정말 갖고 싶어 하는 것은 지식이 아니라 자격증과 학위이다. 어른들은 사랑에 대해서도 온갖 달콤한 말들을 늘어놓지만, 진짜 사랑의 가치는 좀처럼 인정하려 하지 않는다.

요즘 내 딸은 종종 내게 사랑에 대해 묻곤 한다. 나는 문득 나와 뚠의 일을 떠올리고 이렇게 답했다.

"사랑은 일종의 추격전이란다. 하지만 대개 우리는 우리가 쫓던 사람이 아니라 전혀 다른 사람을 붙잡게 되지."

내 딸아이는 그런 면에서 운이 좋았다. 그 애는 자신이 쫓던(혹은 자신을 쫓던) 사람을 제대로 붙잡았다. 하지만 그 애는 여전히 불안해했다.

"사람들 말로는 결혼이 사랑의 무덤이래요. 정말인가요, 아빠?"

나는 멋진 결혼 생활을 이어 가고 있는 띠를 떠올리고 어깨를 으쓱하며 말했다.

"결혼은 무덤이 아니란다. 물론 어떤 남편과 아내 들은 사랑을 무덤에 묻어 버리기도 해. 하지만 그건 순전히 그 사람들이 원할 때만 그런 거란다."

"그럼 왜……."

나는 딸의 질문을 가로막고 이렇게 말했다.

"애야, 그건 결혼이 사랑의 끝이라고 생각하는 사람들에게나 해당되는 말이야. 사실 결혼은 사랑의 무덤이 아니라 사랑의 시작이란다."

나는 혼란스러워하는 딸을 보며 좀 더 이해하기 쉽도록 설명하려 애썼다.

"사람들은 결혼하기 전에 사랑을 배우기 시작하지만 정말로 사랑하는 방법은 모르지. 사랑은 평생에 걸쳐 배우려고 노력해야 하는 거란다. 결혼은 사람들에게 사랑하는 방법을 가르쳐 주지. 물론 평생을 배워도 깨닫지 못하는 사람들도 있어. 그런 사람들은 마치 게으른 학생들이 학교에서 쫓겨나는 것처럼 결혼에서 쫓겨나고 마는 거란다."

딸의 눈은 기쁨으로 빛났다.

"아빠, 사랑하는 법을 배우는 건 수영하는 법을 배우는 것과 같은 건가요? 사람들은 배우지 않고도 수영을 할 수 있지만, 그럼 개헤엄밖에 못 치잖아요. 하지만 제대로 된 강습을 받으면 자유형과 배영, 접영, 평영을 익힐 수 있죠."

나는 처음으로 사랑이라는 강에 뛰어들었던 여덟 살의 그 순간을 떠올렸다. 그리고 빙긋 미소를 지었다.

"그래. 그리고 게으른 사람은 물속으로 가라앉아 버리지."

*

여덟 살 때 나는 사랑에 게으른 아이가 아니었다. 그럼에도 불구하고 나는 물속으로 가라앉고 말았다.

뚠이 이사 가던 날이 떠올랐다. 뚠의 아버지는 도시에서 좋은 직장을 얻게 되었고, 뚠과 가족들은 아버지를 따라 모두 이사를 가게 되었다.

뚠이 떠나기 전날, 나는 모험을 감행했다. 아버지의 금지령을 어기고 니엔 삼촌의 휴대 전화를 빌려 뚠의 어머니의 전화로 문자 메시지를 보낸 것이다.

'오늘 저녁에 만나서 작별 인사나 할까? 나 너무너무 슬퍼!'

뚠의 어머니는 내 문자 메시지를 보고도 더 이상 화를 내지 않았다.

나중에 뚠은 자기 어머니가 아주 상냥한 목소리로 이

렇게 말했다고 전했다.

"꼬마 무이가 널 보고 싶다고 하는구나."

덕분에 꼬마 무이와 뚠은 하이 도트 부인의 팥빙수 가게에서 다시 만났다. 강에서 시원한 바람이 불어 왔다. 그때 나는 처음으로 슬픔을 느꼈다.

많은 사람들이 슬픔을 두려워한다. 하지만 나는 아니다. 나는 어렸을 때도 슬픔이 두렵지 않았다. 내가 두려워한 것은 인생이 따분하고 무의미하게 흘러가는 것, 답답함으로 가득 채워지는 것이었다. 우리는 가끔 슬픔과 친구가 될 필요가 있다. 특히 인생이 갑자기 공허하게 느껴지고, 외로움이 몰려올 때는 더더욱.

사랑에 빠졌을 때, 나는 그 마음을 표현하기 위해 처음으로 시라는 것을 썼다.

그대와 친구가 된 순간부터
나는 슬픔이 무엇인지 알아 버렸네.
그리고 슬픔 역시 나를 알게 되었네.
만약 내일 슬픔이 찾아온다면

친구의 집에 노크를 하러 오는 것이리라…….

한번 상상해 보라!

아무도 찾아와 주지 않고 노크해 주지 않는 것만큼 끔
찍한 일이 또 있겠는가?

우리의 영혼도 마찬가지다. 우리는 영혼이라는 창에
조그만 종을 달고 있다. 아름다운 소리를 간직한 그 종이
평생 단 한 번도 울리지 않는다면 그 삶은 정말 비참할
것이다.

그렇게 뚠이 떠나던 날 슬픔이 찾아와 여덟 살 소년의
영혼의 종을 울렸다.

나는 팥빙수를 떠서 입으로 가져가는 뚠의 모습을 조
용히 바라보고 있었다. 뚠은 울지 않았다. 그저 먹는 데
만 집중했다. 그 짧은 시간 동안 뚠은 빙수를 세 그릇이
나 먹어 치웠다. 먼 훗날, 나는 여자들이 슬플 때 폭식을
한다는 것을 알게 되었다. 어떤 여자들은 사랑을 잃고 슬
픔에 잠겨서 몸무게가 늘어나기도 한다. 어쩌면 달콤한
사랑의 말들을 속삭일 기회를 잃어버린 입이 그 대신 씹

고 삼키는 또 다른 기능에 집중하는 것인지도 모른다. 최근에 아내와 헤어진 한 친구가 내게 말했다.

"사실 음식이 맛있는지 맛없는지 느껴지지도 않아. 그렇지만 어쨌거나 몸은 음식을 필요로 하니까 그냥 먹는 거야."

어쩌면 음식은 마음속 슬픔을 대신할 수 있는 어떤 것인지도 모르겠다.

이별을 앞두고 있던 초가을의 어느 날, 뚠도 그랬다. 마치 중요한 임무를 짊어지고 왕복 여행이라도 하듯 숟가락이 팥빙수 그릇과 뚠의 입술 사이를 분주히 오가고 있었다. 그 모습에 나는 어느 순간 눈앞이 흐려졌다.

팥빙수 세 그릇을 모두 비우고 숟가락을 내려놓은 뒤, 마침내 뚠은 울기 시작했다. 그 애는 나보다 세 배나 많이 먹었다. 그리고 나보다 여섯 배는 더 많이 울었다. 마치 빗속에 앉아 있는 것처럼 뚠의 얼굴이 눈물로 젖었다. 실컷 눈물을 쏟아 낸 뒤, 뚠은 고개를 돌려 나를 보았다. 그리고 황급히 눈물을 닦고는 밖으로 뛰쳐나갔다.

그게 전부였다. 작별 만찬에서 우리가 한 일이라고는

딱 두 가지뿐이었다. 먹기와 울기. 우리 둘 다 아무 말도 하지 못했다. 사실 난 뚠에게 하고 싶은 말이 많았다. 비록 소꿉놀이에서 띠와 결혼을 하긴 했지만, 실제로는 뚠을 좋아한다고 말하고 싶었다. 하지만 결국 나는 아무 말도 하지 못했다. 잘 가라는 간단한 인사조차 꺼낼 수 없었다.

그로부터 십 년이 흐른 뒤, 대학에 진학하기 위해 도시로 나간 나는 그곳에서 다시 뚠을 만났다. 하이는 이미 일 년 전에 대학에 들어갔고, 띠와 나는 일 년 뒤에 진학했다.

몇 년간 우리는 어렸을 때처럼 함께 어울리며 행복한 시간을 보냈다. 나는 뚠에게 많은 이야기를 했지만, 어린 시절에 뚠을 좋아했다는 이야기만은 하지 못했다.

그리고 또 십 년이 흘렀다. 우리는 스물여덟 살이 되었고 뚠은 결혼을 앞두고 있었다. 그때서야 비로소 나는 뚠에게 이십 년 전의 내 마음을 고백했다.

말을 마치자 뚠이 조용히 말했다.

"나도 널 좋아했어. 그것도 아주 많이."

"농담하지 마."

뚠의 말에 나는 깜짝 놀랐다.

"나를 좋아했다면서 왜 하이와 어울려 다녔어?"

"널 좋아했기 때문에 네게 다가갈 용기가 없었지."

나는 땀에 흠뻑 젖은 얼굴로 물었다.

"그게 정말이야?"

"난 곧 결혼해. 그런데 내가 왜 거짓말을 하겠어?"

뚠의 말에 나는 의자에 못 박힌 사람처럼 꼼짝도 할 수 없었다. 뚠이 청첩장을 탁자 위에 두고 가 버릴 때까지 의자에서 몸을 일으킬 수조차 없었다.

사실 스물여덟 살이라는 젊은 나이에 여자를 완전히 이해하는 남자는 없을 것이다. 어쩌면 평생 이해할 수 없을지도 모른다. '여자를 사랑하되, 여자를 이해하기 위해 시간을 낭비하지 말라'는 사람들의 말이 옳았다. 뚠은 왜 나를 좋아하면서도 하이와 어울렸을까? 나는 왜 눈물을 머금고 뚠 대신 띠를 가까이해야 했을까? 내 나이 스물여덟 살에 나는 그 질문을 마음속으로 되뇌고 또 되뇌었다. 그리고 그 이유를 열 가지쯤 찾아냈다. 모두 그럴

싸한 이유들이었다. 여자들은 종종 자기 마음조차도 이해하지 못한다. 그래서 여자들의 반응은 대체로 예측하기가 어렵다. 어쩌면 그건 신이 여자에게 선물한 효과적인 방어 기제인지도 모른다. 대부분의 여자들은 남자보다 물리적으로 약하다. 만약 여자들이 이해하기 쉬운 존재가 된다면 곧 남자들의 지배를 받게 될 것이다.

한마디로 여자란 장미와 같은 존재다. 장미에 가시가 있기 때문만은 아니다. 어느 누구도 장미의 아름다움을 설명하기 위해 시간을 허비하지 않기 때문이다. 우린 그저 장미를 사랑할 뿐이다.

"나는 장미를 사랑한다."

이 한마디면 충분하다!

"그리고 나는 가라앉아 버렸다."

이 한마디면 충분하고도 넘친다!

들개 사육장

마침내 소설이 완성되었다. 이 이야기는 인생이 무척 따분하다는 것을 깨닫게 된 여덟 살의 어느 날에서 시작해, 인생이 더 이상 따분하지는 않지만 너무너무 슬프다는 사실을 깨닫게 된 '여덟 살 더하기 스무 살'의 어느 날에서 끝을 맺는다.

우리의 영혼은 태어난 날부터 인생이 처음으로 슬픔을 가져다주는 그 순간까지 평온하다.

나는 내 첫사랑 뚠이 떠난 날부터 인생의 진짜 향기를 맡기 시작했다. 특별히 흥미로운 향기는 아니었지만, 그 향기를 맡으려고 할 때면 인생이 조금이나마 덜 밋밋하게 느껴졌다.

나는 시간의 바퀴가 삶을 통과할 때 내는 단조로운 소리를 듣지 않기 위해 온갖 방법을 동원했다.

하이와 뚠, 띠와 나는 우리가 원하는 방식으로 삶을 재구성하기 위해 새로운 놀이를 끊임없이 찾아냈다. 다소 엉뚱하고 바보같이 보이기도 했지만, 사실 그 시절 우리가 만들어 낸 놀이에는 우리의 지혜가 스며들어 있었다.

뚠이 떠난 뒤, 따분한 마을에 남겨진 우리 셋은 누가 숨을 더 오래 참는지 알아보기 위해 커다란 양동이에 머리를 처박기도 하고, 그 밖에 온갖 특이한 장난들을 끊임없이 생각해 냈다. 한번은 숨 참기 시합에서 내가 하이를 이겨 주기를 간절히 바란 띠가 양손으로 내 뒷목을 누르는 바람에 질식해 죽을 뻔하기도 했다.

우리는 밤마다 미친 듯이 달리며 우리를 따라오는 달을 올려다보고 행복해하기도 했다.

뛰는 것이 지겨워질 때쯤이면 앞마당에 대야를 놓고 물을 부은 뒤 대야 바닥에 거울을 넣어 달이 거울을 비출 때 나타나는 무지개를 들여다보고는 했다.

하지만 무엇보다도 가장 흥미로운 놀이는 바로 들개 사육이었다.

그때 우리 마을에는 종종 들개들이 나타나곤 했다. 가끔은 두어 마리의 지저분한 개들이 부랑자처럼 무리 지어 거리를 배회하기도 했다.

개들은 마을을 온통 휩쓸고 다니며 말썽을 부렸다. 가끔은 집 안까지 들어오기도 했다. 나는 그중 한 마리를 키우며 남은 음식을 가져다주었다. 어느 날 나는 하이와 띠에게 말했다.

"우리 들개 사육장을 열자."

"왜? 뭐 하게?"

띠는 갑작스러운 제안에 당황한 듯 어리둥절한 얼굴로 물었다.

"개들을 똑똑하게 가르쳐서 우리에게 복종하도록 만드는 거야."

"왜?"

하이 역시 혼란스러워하기는 마찬가지였다.

"정말 몰라서 물어? 키워서 팔아야지. 아마 돈방석에 앉게 될 거야!"

제 힘으로 돈을 벌어서 부모님에게 더 이상 용돈을 받지 않아도 되는 것은 모든 아이들이 꿈꾸는 소원이다(아이들과 달리 어른들은 구걸하기를 좋아한다. 어른들은 돈을 번다. 그래서 연극이나 음악회, 놀이공원 입장권을 사기에 충분한 돈을 가지고 있다. 그럼에도 불구하고 어른들은 종종 초대장을 구걸하려 한다. 대체로 초대장을 주는 사람의 안색이 좋지 않은데도 말이다. 그것 참, 어른들의 마음은 알다가도 모르겠다!).

그날부터 우리는 길을 잃고 헤매는 들개들을 교대로 돌보며 키우기로 했다.

사육장은 띠의 집에 마련했다. 꽤 넓은 데다 띠의 아버지가 거의 매일같이 집을 비웠기 때문이다. 하이와 나는 개를 훈련시키고 밥을 주는 임무를 맡았다.

우리 둘 모두 개를 훈련시키는 조련사 역할을 원했기 때문에 나는 그 자리를 놓고 하이와 다투기도 했다. 때마침 띠가 끼어들어 이틀에 한 번씩 교대로 훈련을 시키라는 현명한 제안을 내놓지 않았다면, 우리는 진짜 싸움이라도 벌였을 것이다.

하이는 사육장 앞에 쪼그리고 앉아서 어린 왕자라는 거창한 이름의 개를 한 손으로 꽉 붙잡았다. 그리고 띠와 나를 힐끗 쳐다보았다.

"이거 봐라!"

하이는 말을 끝내자마자 신발 한 짝을 저 멀리 던지더니 곧 어린 왕자를 놓아 주고는 낮은 목소리로 "쉬쉬" 하고 소리쳤다.

어린 왕자는 잔뜩 흥분해서 신발을 향해 펄쩍 뛰어올랐다.

하이가 다시 명령했다.

"물어 와!"

어린 왕자는 하이의 명령에 따라 신발을 입으로 물었다.

"잘했어. 어서 이리 가져와!"

하이가 소리쳤다. 그 애는 아주 흐뭇해 보였다.

그런데 어린 왕자는 그 말을 못들은 척했다. 녀석은 하이의 신발을 입에 문 채 집 밖으로 달아나 버렸다.

하이가 머쓱한 표정으로 말했다.

"어쩌면 내가 너무 크게 소리쳐서 그런 걸지도 몰라. 야단치는 줄 알았나 봐."

하이는 그 멍청한 개를 쫓아 집 밖으로 달려 나갔다.

그리고 오 분 뒤, 한 손으로는 어린 왕자를 붙잡고, 다른 한 손엔 신발을 든 채로 나타났다.

"자, 다시 해 보자!"

하이가 다시 신발을 던졌다. 개는 신발을 쫓아 같은 방향으로 뛰어갔다.

하이는 개가 달아날까 봐 크게 소리칠 엄두도 내지 못했다. 어린 왕자가 입으로 신발을 무는 것을 보고, 하이가 부드럽게 말했다.

"어린 왕자, 이리 와! 이리 와!"

하이는 애처롭게 사정하며 손가락을 튕겼다.

개는 하이를 힐끔 돌아보고 잠시 망설이더니 신발을 내려놓고 하이를 향해 냅다 달려왔다.

나와 띠가 포복절도하는 동안, 하이는 주먹으로 어린 왕자의 머리를 마구 때렸다.

"이 개처럼 멍청한 녀석아!"

그날 하이는 녹초가 될 때까지 어린 왕자를 훈련시켰다. 어린 왕자는 여전히 즐거운 듯 보였지만 정작 하이는 숨을 헐떡였다. 매우 지친 듯 보였고, 사는 게 끔찍할 만큼 지겨운 듯한 표정을 지었다.

나는 낄낄대며 말했다.

"날 봐. 개를 제대로 훈련시키고 싶으면 뭔가를 상으로 줘야 해. 텔레비전 서커스를 보면 알 수 있다고. 개든 돌고래든 사자든 호랑이든 사육사들은 항상 먹을 걸 주잖아."

나는 띠에게 빵을 가지고 와서 작게 잘라 달라고 부탁했다.

그리고 빵 한 조각을 손에 쥐고 어린 왕자의 눈앞에서 진지한 목소리로 말했다.

"내 말 좀 들어 봐, 강아지야! 신발을 물어 오면 이 빵을 줄게."

어린 왕자는 침을 질질 흘리며 조용히 빵을 노려보았다. 그 모습을 보고 있자니 과연 녀석이 내 말을 이해한 건지조차 의심스러워졌다. 그래서 나는 다시 한 번 천천히 조심스럽게 명령을 내린 뒤 큰 소리로 말했다.

"알았어?"

내 고함 소리를 들은 어린 왕자는 빵에서 눈을 떼고 이상하다는 표정으로 나를 쳐다보았다. 하지만 잠시 후, 더 이상 배고픔을 참을 수 없는 듯 꼬르륵 소리를 내더니 다시 내 손의 빵 조각에 시선을 고정하고 불안하게 다리를 움직였다.

초조해진 나는 신발을 멀리 던지며 소리쳤다.

"먹고 싶으면 신발부터 물어 와."

그러나 어린 왕자는 꼼짝도 하지 않았다. 녀석의 시선은 빵 조각과 내 얼굴 사이를 다급하게 오갔다.

그 모습을 본 하이와 띠가 낄낄거렸다.

하이가 나를 비웃었다.

"아이고, 참 쉽기도 하네. 어린 왕자가 말을 안 듣도록 가르치는 건 정말 쉽겠네. 나라도 할 수 있겠다."

나는 띠를 흘끗 보았다. 얼굴이 발갛게 달아올랐지만 애써 아무렇지 않은 척했다.

"먼저 시범을 보여야 하는 건데 내가 깜빡했어."

"어떻게 시범을 보이겠다는 거야?"

"그러니까…… 개가 따라 하도록 뭔가를 보여 주는 거야."

나는 턱을 긁으며 말했다.

"개들은 아주 멍청하거든. 뭔가 직접 보여 주지 않으면 우리가 뭘 바라는지 알아차리지 못할 거야."

나는 잘게 부순 빵 조각을 낮은 간이 의자에 올려놓았다. 그리고 몇 차례 손뼉을 친 뒤 바닥에 납작 엎드렸다. 나는 띠에게 말했다.

"이제부터 난 어린 왕자야. 네가 신발을 던지면 내가 집어서 가지고 올 거야. 그럼 넌 나한테 빵 조각을 줘, 알았지?

"이제 알겠다. 그럼 어린 왕자가 널 따라 할 거다 이거지?"

띠가 낄낄거렸다. 그 애는 신발을 벗어 한 귀퉁이에 던지고 내게 명령했다.

"자, 신발 물어 와!"

나는 무릎과 손으로 기어서 신발이 있는 곳까지 갔다.

신발은 정말이지 끔찍하게 더러웠다. 처음에는 손으로 집을 생각이었지만, 그랬다가는 어린 왕자가 내 수업의 요지를 이해하지 못할까 봐 걱정되었다. 나는 숨을 참고 머리를 숙인 다음 입으로 신발을 물었다.

신발을 물고 고개를 돌렸을 때 나는 화들짝 놀라고 말았다. 어린 왕자는 내가 하는 행동을 보고 있지도 않았다. 녀석은 의자 위로 기어올라 빵 부스러기를 한 점 한 점 조용히 먹고 있었다. 녀석은 마치 내가 진짜 개이고, 자기가 사람인 것처럼 행동하고 있었다.

나는 악취 풍기는 띠의 신발을 내던지고 분노하며 말했다.

"어린 왕자, 너 정말! 무슨 학생이 이 모양이야?"

녀석은 내 고함 소리에 깜짝 놀란 듯, 다시 발을 땅에 내려놓고 나를 돌아보았다.

하지만 나는 분이 풀리지 않았다.

"개는 내가 아니라 바로 너야. 어떻게 내가 신발을 무는 동안 빵을 훔칠 수 있어?"

나는 녀석의 머리에 꿀밤을 주려고 의자를 향해 분노의 질주를 했다. 하지만 어린 왕자는 이미 달아나 버린 뒤였다. 하이와 나의 첫 번째 훈련은 그렇게 막을 내렸다. 물론 그 결과는 우리의 예상을 완전히 빗나간 것이었다.

그다음 주에도 우리의 훈련은 전혀 진전이 없었다. 오히려 부모님들의 잔소리만 심해졌다. 부엌에서 종종 음식이 사라지자 하이와 나의 부모님들은 우리를 향해 의심을 눈초리를 보냈다. 우리가 띠의 집에서 들개 한 무리를 키우고 있다는 것을 알게 되었을 때, 부모님들의 의심은 꾸지람으로 바뀌었다.

아버지가 말했다.

"꼬마 무이, 또 한 번 부엌에서 음식을 훔쳐 갔다가는 손모가지를 분질러 버릴 테다!"

하이의 아버지도 비슷한 말로 하이를 꾸짖었다. 그래서 하이가 사육장에 나타났을 때 옷 속에 숨겨 온 것은 고작 누룽지 몇 조각뿐이었다.

정작 우리를 꾸짖어야 할 사람은 띠의 아버지였다. 딸

이 집을 더럽고 냄새나는 개 사육장으로 만들어 버렸으니까. 하지만 아저씨는 띠를 야단치지도, 잔소리를 늘어놓지도 않았다. 그래서 비록 슬픈 일이긴 하지만 하이와 나는 세상에서 가장 훌륭한 아버지를 뽑는다면 바로 띠의 아버지일 거라는 데 동의했다.

하지만 언젠가부터 사육장에서 개가 한 마리씩 사라지고 있다는 사실을 알게 되었을 때 그 생각은 한순간에 날아가 버렸다.

처음에 우리는 사라진 개들이 자유를 찾아 탈출한 줄로만 알았다. 하지만 띠가 사건의 진실을 밝혀냈을 때 우리는 모두 경악하고 말았다. 띠는 바득 아줌마네 주점에서 자기 아버지와 하이의 아버지가 개고기 전용 접시에 담긴 고기와 야채를 안주 삼아 술을 마시는 것을 우연히 목격했다. 그때서야 우리는 개들이 어디로 사라졌는지 알게 되었다.

그 순간 우리의 개 사육장은 아무런 발표도 공지도 없이 문을 닫았다. 개를 키워 돈을 벌겠다는 우리의 꿈은 불가능한 것으로 판명되었다. 뚠이 떠나 버린 게 유감스러웠다. 만약 뚠이 있었다면 우리 넷은 띠의 아버지를 심판하기 위해 또 한 차례 재판을 열었을 것이다. 띠의 아버지는 정말 운이 좋았다.

차장 없는 열차

세상에는 개고기를 좋아하는 사람들이 있다.

반면 개고기를 싫어하는 사람들도 있다. 서양에서는 개고기를 먹는 걸 꺼려한다. 애완동물을 무척 아끼고 사랑하는 서양에서는 가족의 서열을 매길 때 아이들, 여자들, 애완동물, 그리고 최하위에 남자들을 둔다는 농담이 있을 정도이다.

내가 이 이야기를 쓰고 있는 지금, 겨우 일 킬로미터 밖에 떨어지지 않은 곳에 사슴이나 족제비, 뱀, 개미핥기, 호저(몸과 꼬리의 윗면이 가시털로 덮인 야행성 동물 — 옮

긴이), 도마뱀, 타조 같은 희귀한 동물들의 고기를 파는
식당이 최소한 다섯 개는 있다.

나도 그중 몇 가지를 시도해 본 적이 있었는데, 솔직
히 맛있다고 느낀 적은 단 한 번도 없었다. 아니, 한 번쯤
먹어 볼 만은 하지만, 두 번 시도할 만한 맛은 아니었다
고 말하는 편이 옳을지도 모르겠다.

사실 맛있는 음식들은 대체로 돼지고기, 닭고기, 소고
기처럼 우리 입에 가장 익숙한 것들이다. 돼지와 소와 닭
을 가축으로 키우기 이전에, 인간은 수천 년에 걸쳐 온
갖 종류의 고기를 맛보았을 것이다. 우리 조상님들은 분
명 사슴과 족제비, 뱀, 개미핥기, 호저, 도마뱀, 타조는 물
론이고 개와 말, 고양이, 돼지, 젖소, 닭을 비롯해 지금은
좀처럼 보기 힘든 동물들까지 두루 맛보았을 것이다. 물
론 당시에는 들개와 야생마, 들고양이, 멧돼지, 들소, 야
생 닭이었겠지만. 아무튼 우리 조상님들은 온갖 시도 끝
에 돼지고기와 소고기, 닭고기가 제일 맛있다는 결론에
도달했다. 그 판단을 근거로 멧돼지와 들소와 야생 닭을
가축으로 만든 게 분명하다. 그때부터 그 동물들은 인류

의 영원한 식량이 되었다. 그건 아주 현명한 선택이었다. 그 세 종류의 고기는 오늘날 동서양을 막론하고 거의 모든 가정에서 없어서는 안 될 중요한 역할을 하고 있으니까.

하지만 개는 식량으로 선택된 동물이 아니다. 거기에는 그럴 만한 이유가 있을 것이다. 맛이 없다거나 건강에 좋지 않기 때문만이 아닐 것이다. 말은 타기 위해, 황소는 쟁기를 끌기 위해, 고양이는 쥐를 잡기 위해, 개는 집을 지키고, 또 무엇보다 아이들의 친구로 지내게 하기 위해 키우는 것이다.

하이와 띠와 나는 어린 왕자에게 "너 정말 맛 좋다"고 말할 수 없었다. 아마 어떤 아이라도 그렇게 말할 수는 없을 것이다. 비록 어쩔 수 없이 개고기를 먹어야 하는 경우가 생긴다 해도 말이다. 아이들은 결코 음식을 보듯 개를 바라보지 않기 때문이다.

개가 왜 인간의 가장 좋은 친구인지 그 이유는 굳이 설명할 필요도 없을 것이다. 여러분들은 모두 한 번쯤 개와 친구가 되어 본 적이 있으리라. 아이들에게 개고기를 좋아한다는 것은 친구를 잡아먹고 싶어 하는 것과 똑같다. 그건 정말 무시무시한 일이다.

그래서 우리는 눈물을 머금고 들개 사육장을 폐쇄하기로 결정했다.

우리가 번갈아 가며 소리치고 야단치고 발을 구르고 눈앞에서 주먹을 휘두르는데도 개들은 좀처럼 사육장을 떠나려 하지 않았다.

결국 하이와 띠와 나는 각자 한 마리씩 품에 안고 먼 곳까지 뛰어가서 풀어 주었다. 하지만 집에 돌아오다가 여전히 우리 뒤를 졸졸 따라오는 개들을 발견하고 눈물 지었다.

띠는 개들이 집 안에 들어오지 못하도록 대문을 닫아 버렸다. 몇 주 동안 띠의 집 문 앞에 앉거나 엎드린 채 하염없이 우리를 기다리고 있는 개들을 보자니 마음이 아팠다.

마지막까지 남아 있던 개가 마지못해 멀리 가 버렸을 때, 우리는 더 이상 고통을 이겨 내지 못했다. 그래서 우리 셋 모두 탈진하여 병이 나고 말았다.

*

　일이 그렇게 끝난 것은 우리들의 운명이었다. 그리고
인생은 더 이상 이전처럼 따분하지 않았다.

　개들이 떠난 슬픔은 뚠이 떠나 버린 슬픔으로 인해 더
욱 심해졌고, 그 슬픔은 여덟 살 어린 소년에게 어른이
된다는 것이 어떤 것인지 가르쳐 주었다.

　나는 이전보다 생각이 많아졌고 우울해졌으며, 세상
을 바꾸는 일에 흥미를 잃어버렸다. 나는 내 마음속 계획
만으로는 강을 만들 수 없으며, 설사 그런 시도를 한다고
해도 인생의 물결은 내 마음과 완전히 다른 방향으로 흘
러가리라는 걸 깨닫기 시작했다. 그럴 바에야 차라리 그
런 생각을 그만두는 편이 나았다. 어차피 어른이 되면 자
동차들이 안전을 위해 교통 법규를 따르듯 다른 사람들
이 만든 안전한 강에서 헤엄치게 될 테니까.

　물론 어른들이 나쁜 점만 가지고 있는 건 아니다. 어
쩌면 내가 어른이 되었기 때문에 이렇게 생각하는지도

모른다. 하지만 그 때문만은 아니다. 아이들은 부모님을 사랑하고 부모님은 아이들이 자신을 사랑한다는 것을 안다. 아이들은 무조건적인 사랑을 받는다. 하지만 부모님을 향한 아이들의 사랑은 오직 어른들만이 느낄 수 있는 것이다. 어른이 되어 아기를 낳고 기르며 힘든 시간을 겪어 봐야 비로소 그 느낌을 온전히 이해하게 된다. 그러니 아이들이 자신의 부모에 대해 분통을 터뜨리며 불만을 늘어놓는다 해도 걱정할 필요는 없다. 부모에 대해 불평을 가장 많이 하는 아이가 바로 부모를 가장 사랑하는 아이가 될 테니까.

어른들에게서 발견할 수 있는 흥미로운 점은 또 있다. 어른들은 하이 '이사님'이나 뚠 '교장 선생님'처럼 종종 능청 떨기를 좋아한다.

이 책이 출간된 뒤 이틀 후, 나는 낯익은 하이의 자동차가 우리 집 앞에 멈춰 서는 것을 보고 깜짝 놀랐다. 그런데 설상가상으로 하이의 차에서 내리는 뚠까지 보고 말았다. 두 사람은 책을 한 아름 안고서 우리 집을 향해 걸어오고 있었다.

나는 밀려오는 위험을 몸으로 막으려는 사람처럼 허겁지겁 문으로 달려 나갔다.

"어이, 잘 있었나?"

우려와 달리 하이는 나를 향해 활짝 웃어 보였다.

"축하해 주러 왔어."

아마 그때 내 얼굴은 아주 멍청해 보였을 것이다. 하이와 뚠은 곧장 탁자로 걸어가더니 책 더미를 내려놓았다.

그것이 이제 막 출간된 내 책이라는 사실을 깨닫고 나는 어안이 벙벙해졌다.

"지금 뭐 하는 거야?"

"우리가 뭘 하는 것 같아?"

하이는 여전히 싱글벙글 웃고 있었다.

"우린 네 책을 샀고, 네게 사인을 부탁하려고 이리 가져왔어."

너무 당황한 나머지 어떻게 의자에 앉았는지도 기억나지 않았다. 나는 몽유병 환자 같은 얼굴로 두 친구의 얼굴을 올려다보았다.

"그럼 나한테 화나지 않았다는 거야?"

뚠의 얼굴에 미소가 떠올랐다.

"왜 우리가 너한테 화를 내지?"

"내가 우리의 어린 시절 일들을 떠벌려서 너희를 조롱거리로 만들고 있다고 했잖아."

"이런, 넌 아직도 순진하구나."

하이가 마을이 떠나갈 듯 큰 소리로 말했다.

"난 네가 그 얘기를 워크숍 연설용으로 보낼까 봐 걱정했던 거야. 우리들의 멋진 추억을 겨우 그런 식으로 낭비할 수는 없잖아?"

나는 미소를 지었지만, 금방이라도 눈물이 터져 나올 것만 같았다.

"그럼 내가 우리 어린 시절 이야기를 다시 쓸 거라고 예상했다는 거야?"

뚠이 심호흡을 했다. 뚠의 얼굴은 마치 에나멜을 바른 것처럼 반짝이고 있었다.

"그건 정말 좋은 생각이었어."

나는 눈을 동그랗게 뜨고 뚠을 쳐다보았다.

"사실 난 내가 여덟 살 때 네게 문자 메시지를 받았다는 걸 까맣게 잊고 있었어. 벌써 수십 년은 지난 일이잖아. 그 일을 우리 아이들과 학부모들이 알게 된다고 해도 두렵지 않아."

뚠은 감정이 북받친 듯 눈물을 쏟아 낼 것 같은 얼굴로 말했다.

"네 책을 읽으면서 이 멋진 추억들을 영영 잊고 살 뻔했다는 걸 깨달았어. 내가 왜 다른 사람들의 시선을 두려워해야 해? 네가 아무것도 모르고 그 문자 메시지를 보냈다는 건 누구라도 알 수 있을 거야."

나는 하이를 쳐다보았다.

"하지만 어렸을 때 그런 엉뚱한 재판을 열었던 이사님은……."

"재판을 열었건 열지 않았건 마찬가지야. 아이들은 저마다 마음속으로 자기만의 재판을 열곤 하니까."

하이는 자신의 말에 장단을 맞추듯 손가락으로 탁자를 톡톡 두드렸다.

"우리는 아이들이 어른들 못지않게 진지한 판단을 내

182

릴 줄 안다는 걸 알아야 해. 그럼 자기들의 행동에 좀 더 주의를 기울이게 될 테니까."

하이가 활짝 웃었다.

"설마 내가 어렸을 때 어른들을 심판했다고 해서 내 직위를 빼앗기야 하겠어?"

그날 나는 아무 말도 할 수 없었다. 할 말이 없어서가 아니었다. 하이와 뚠이 우리 집을 점령하고 앉아서 내내 내 글에 대한 칭찬을 늘어놓았기 때문이다. 거의 두 시간 동안 나는 하이와 뚠이 쏟아 내는 칭찬의 홍수 속에서 허우적거려야 했다.

다음 날, 띠가 나를 찾아왔다. 그런데 띠에게 전날 있었던 일을 들려주었을 때 나는 또 한 번 놀라고 말았다. 띠가 전혀 놀라지 않았기 때문이다.

"알고 있었어. 오래 전부터."

띠가 미안한 얼굴로 나를 향해 미소 지었다.

"그럼 일부러 숨긴 거로구나."

나는 화난 척 눈을 크게 뜨고 부루퉁한 얼굴로 말했다.

"그러니까 너희 셋이 짜고서 이 일을 꾸민 거야?"

"우리 중에 네가 가장 기억력이 좋으니까. 우리 어린 시절의 이야기를 생생하게 다시 들려줄 수 있는 유일한 사람이니까."

"이거 너무하네!"

나는 한숨을 내쉬며 말했다. 그리고 창밖 마당에 내려 앉은 햇살을 바라보다가 문득 내가 슬픔에 잠겨 있다는 사실을 깨달았다.

"우린 이미 어린 시절이라는 정거장에서 너무 멀리 와 버렸어."

"괜찮아. 이 책이 훌륭한 티켓이 되어 줄 테니까. 이 티켓이 있으면 우린 언제든 어린 시절로 돌아가는 기차를 탈 수 있어."

띠의 눈이 행복으로 빛났다.

"너 이제 라면 잘 끓이니?"

문득 어린 시절에 띠가 끓여 주었던 라면이 떠올랐다.

"넌 어때? 아직도 보물찾기를 하고 있어?"

띠는 내 질문에 대답하는 대신 이렇게 물었다. 마치

우리가 여전히 그 기차에 타고 있는 것처럼.

지금 이 책을 손에 쥔 채 우리의 바보 같은 대화를 읽고 있는 여러분도 그 시절의 하이와 뚠, 띠와 나를 볼 수 있을 것이라고 나는 믿는다. 이 책의 첫 장을 넘긴 그 순간부터 여러분도 줄곧 우리와 같은 기차에 앉아 있었을 테니까.

무엇보다 좋은 것은 이 특별 열차에 표를 걷어 가는 차장이 없다는 점이다. 우리는 어린 시절로 가는 티켓을 언제까지라도 주머니 속에 간직할 수 있다.

원한다면 언제라도 어린 시절로 돌아갈 수 있다. 어린 시절이라는 깨끗한 강에서 헤엄치는 동안 마치 기적처럼 세속의 온갖 먼지들을 말끔히 씻어 낼 수 있다는 것을 깨닫기만 한다면, 우리는 언제든 그곳으로 다시 갈 수 있다.

여덟 살이라는 나이는 맑고, 깨끗하고, 삶에 대한 뜨거운 열정으로 가득한 아름다운 시절이다. 여덟 살 때 여러분은 이렇게 말했을지도 모른다.

"어느 날 문득 인생이 너무 지루하고 따분하다는 것을

깨달았다"고…….

그 비관적인 발언은 사실 모든 흥미로운 이야기의 시작이다. 반대로 여러분이 인생의 무언가로 인해 깊은 슬픔을 느낀다면 그것이야말로 비극의 시작일지 모른다. 어쩌면 여러분의 눈앞에서 한 세상이 사라져 가고 있는 것인지도 모른다.

더 나은 삶, 더 행복한 삶을 살기 위해 우리에겐 무엇이 필요할까? 어쩌면 우리에게 정말로 필요한 건 어른으로 살아가는 법을 배우는 것이 아니라, 아이로 살았던 시간들이 어떠했는지를 기억해 내는 것인지도 모른다. 이것이 내가 줄곧 품고 있던 생각이며 이 책을 쓴 진짜 이유이다.

2008년 1월, 호치민 시(市)에서.

어린 시절이라는 마을

— 로베르트 로제스트벤스키

아득히 먼 곳
켜켜이 쌓인 먼지 속에,
꿈처럼 고요한
마을이 있네.
거울 같은
고요한 강물이
굽이치는 곳.
아득히 먼 지난날들 속에
아주 오래전
내가 따스한 어린 시절을 보냈던
마을이 있네.

오늘 밤 나는 서둘러 집을 나서
표를 사러 기차역으로 가네.

"천 년 만에 처음이라오.

어린 시절로 가는 티켓 한 장 주시오.

보통석으로."

매표원은 낮은 목소리로

무심하게 대답하네.

"매진이오."

어찌해야 할까?

매진이라는데, 나는 이제 어찌하면 좋을까?

여기 말고 어디서

어린 시절로 가는 길을 물어야 할까?

아무도 말해 주지 않아도

어린 시절부터 간직해 온

기억을 통해

우리는 이따금 그곳으로 가네.

어린 시절이라는 마을,

전설 같은 이야기들이 살고 있는 마을로.

바람이 불어와

장난스럽게 우리를 인도하네.

그곳에서

바람은 우리를 어지럽히고 현기증 나게 하며,

구름 위로 솟아오른 소나무로,

아주아주 큰 집으로 데려간다네.

그리고 겨울은

밤의 어둠 속에서

부드럽고 하얀 눈이 덮인

들판을 발끝으로

살금살금 지나가네.

어린 시절이라는 마을이여,

우리가 부르던 어린 시절의 노래여,

그대에게 감사하오.

그러나 다시 돌아가지 않을지니

기다리지는 마오.

세상에는 여러 갈래 길이 있고,

어린 시절이라는 마을을 떠나

우린 성장했고

너무 먼 여행을 떠나왔소.

우릴 믿어 주오,

그리고 우리를 용서해 주오.

어린 시절로 가는 티켓

초판 1쇄 인쇄 2013년 6월 3일
초판 1쇄 발행 2013년 6월 10일

지은이 응우옌 니얏 아인
옮긴이 정해영
펴낸이 김선식

Editing creator 박고운
Design creator 이나정
Marketing creator 이상혁

3rd Creative Story Dept. 김서윤 이여홍 박고운
Creative Marketing Dept. 최창규 이주화 이상혁 박현미 백미숙
　　　　Public Relation Team 서선행
　　　　Contents Rights Team 김미영
Creative Management Dept. 김성자 송현주 권송이 윤이경 김민아 한선미

펴낸곳 (주)다산북스
주소 경기도 파주시 회동길 37-14 3층
전화 02-702-1724(기획편집) 02-6217-1726(마케팅) 02-704-1724(경영관리)
팩스 02-703-2219
이메일 dasanbooks@hanmail.net
홈페이지 www.dasanbooks.com
출판등록 2005년 12월 23일 제313-2005-00277호

종이 한솔피엔에스
인쇄·제본 (주)현문자현

ISBN 978-89-6370-975-8 (03830)